徳間文庫

マザコン刑事の探偵学

赤川次郎

徳間書店

目次

理想的花嫁の事件

1

「本当に、うちの息子は幸せ者だよ」

というセリフが、日に三度は浦田教授の口から出るようになって、もう十日間はたっていた。

もう十年以上も、浦田教授の秘書を勤めている山本秀子は、その都度、

「本当ですねえ」

と、答えなくてはならない。

しかし、これでも楽になった方なのである。

というのも、その十日間に先立つ一カ月は、同じセリフを、日に五回から十回も聞

かされていたからだ。

一つには、浦田がすでに七十歳の高齢で、この私立大には、いわば「名誉職」として、籍を置いているに過ぎず、従って、ろくに仕事もなかったせいでもある。

要するに、時間を持て余しているので、つい、その話になってしまうのであった。

山本秀子は、今年で四十歳になる。独身の、いわばキャリア・ウーマンというわけだが、浦田の秘書をしていては、彼女の種々の特技――優れた語学力や、コンピューターも顔負けの整理能力は、充分に発揮することはできなかった。

それでも、十年も秘書をしていると、離れ難くなるものなのか、毎日、浦田当人が出て来ない日にも、この教授室へと通って来ている。

それだけ、浦田が、人に愛される性格の持主だったとも言えよう。その点は、浦田が以前、奉職していた国立大学で紛争があったときも、浦田の研究室にだけは、学生が押し入らなかったことを見ても分かる。

もっとも、一説には、浦田の研究室へ押し入ると、本の山に押し潰《つぶ》されて死ぬかもしれないと、学生たちが恐れたせいだとも言われている。

それくらい、浦田は正に本の虫、研究の虫であった。

その浦田もすでに七十歳。

今は、週に一度の講義以外は、仕事らしい仕事もなく、ただ本や雑誌に目を通す、単調な日々である。

しかし、浦田当人は幸せだったろう。ともかく、活字が恋人だというタイプの、昔風の学者だからだ。

しかし、いかに活字が恋人といっても、活字と結婚することはできない。そこで——というのも変だが——浦田は人間の女性と（当り前だが）結婚した。もう、四十代も半ばのことだった。

妻は、教え子の一人で、そのとき、三十歳になっていた。

二年後には、まずあり得ないと周囲が思っていたことが起こった。子供が生まれたのである。

そして、不運にも、そのとき、浦田は妻を失った。

子供は男の子で、雅照《まさてる》と命名された。父親の名、雅志と、母親の照子の文字を、それぞれ取ったのである。

その息子、雅照は、三カ月前に結婚していた。そして、浦田が、

「息子は幸せだ」

と言っているのは……。

「息子の嫁は本当にいい娘《こ》なんだよ」

「まあ、そうですの」

「通子《みちこ》というんだがね——前にも教えてあげたかな？」

「いいえ、うかがっていませんわ」

山本秀子は、慎重に、そう答える。

そして、息子の嫁のすばらしさを讃《たた》える、浦田の何十回目かの話に、耳を傾けるのだった。


その朝の出来事は、山本秀子の話によると、こうであった。

その日、山本秀子は珍しく遅刻をした。

これは、遅刻をしない学生が珍しいのと同じくらい、珍しいことだった。

朝、出がけに電話がかかって、前日、近所で起った交通事故について、話を聞きたいので、警察へ出頭してほしい、と言われたのである。

そんな事故があったことも知らない秀子がそう言おうとすると、電話は切れてしまった。

公用とあれば仕方ない。

秀子は、警察まで出かけて行った。ところが——そんな電話をかけてはいない、ということが分かった。

秀子のアパートの近くで、事故があったという事実もない。要するに、いたずら電話だったのである。

秀子は頭に来たが、怒る相手が分からないので、どうにもならず、ともかく急いで大学へと向かった。

よりによって、この日は、浦田の、週一度の講義がある日なのである。

「全くもう！」

と、苛々《いらいら》しながら、秀子は電車で大学へと急いだ。

途中、駅から電話を入れてみたが、教授室は誰《だれ》も出ない。——お休みかしら、と思った。

それならそれでかまわないのだが。

大学へ着いたのは、もう十一時近かった。講義中なので、校舎の中も静かなものである。

秀子は、教授室の鍵《かぎ》を開けようとして、戸惑った。——開いているのだ。

昨日、かけ忘れた？　いや、そんなことはない。その点は自信があった。

中へ入ると、浦田が、椅子《いす》に座っているのが目に入った。

「おいでだったんですか」

と、ドアを閉めながら、「遅れてすみません。実は――」

あら、と秀子は思った。浦田は、頭を前に垂れて、目を閉じているのだ。

眠ってるんだわ、と思って、つい秀子は笑ってしまった。――でも、もう講義の方は始まる時間だ。

どうしようか？

出て来たからには、講義をするつもりなのだろう。それを寝たまま放っておくというのも、却《かえ》って気の毒だ。

秀子は、浦田の肩を軽く叩《たた》いた。

「先生――起きて下さい。――先生」

浦田が、前のめりになって、ゆっくりと机に突っ伏した。

様子がおかしい。初めて、秀子は、青ざめた。

校医が駆けつけて来るのに、三分とはかからなかった。

秀子は半ば覚悟していたものの、校医から、

「亡くなっていますよ」

と、告げられたときは、ショックだった。

「そうですか……。じゃ、すぐ息子さんへお知らせしなくちゃ」

「それだけじゃありませんな」

と、校医は厳しい表情で言った。

「え?」

「みたところ、毒物による死亡という可能性もある。これは警察へ届けなくてはなりません」

秀子は、面食らった。

「じゃ……毒を飲んで? 自殺だとおっしゃるんですか?」

「あるいは殺人かもしれない」

と、校医は言った。

「青酸系の毒物——たぶん、青酸カリだな」

と、検死官の有本が言った。

いつもながら、穏やかな言い方で、ちょっと聞くと、簡単な仕事の打ち合せでもしているようだ。

「そのお茶に入ってたんですか？」

と、香月弓江は言った。

弓江は二十四歳。警視庁捜査一課の刑事である。

小柄で、可愛《かわい》い童顔なので、十代とも見られるし、刑事とはとても見えない。

「たぶん、そうだろう」

と、有本は肯《うなず》いた。「よく調べてみないと何とも言えんがね」

ドアが開いて、

「遅くなった」

と、入って来た風一陣。

弓江の上司、大谷努警部である。

いわゆる貧乏くさい刑事のイメージとはほど遠い、高級な背広にスマートな体軀《たいく》を包んだ、ハンサムな青年だ。

三十代も半ばで独身。

この大谷と香月弓江、上司と部下という関係の他《ほか》に、恋人同士という関係もある。

大谷と弓江のコンビは、これまでいくつもの事件で、実績を上げて来た。名コンビだと自他ともに認めているが——認めていない人間もいて……。

「死体の発見者は?」

と、大谷が訊《き》く。

「秘書の人です。隣の部屋に待たせてあります」

「そうか。——毒殺とは珍しいな」

と、大谷が言ったのも理由がある。

毒物の入手経路は、比較的追いやすいので、最近、この手の殺人は減っているのだ。

「とてもショックだったようです」

と弓江は言った。「気の毒で、すぐに話を聞くわけにはいかなくて……。すみません」

「いや、かまわんよ」

と、大谷は言った。「ここは人間的な暖かさで、口を開かせるしかない。君もいてくれた方が助かる。相手も女性だから」

「私はいなくてもいいの?」

入口の所で別の声がした。

「ママ!」

大谷は手を振って、「こういう現場へ来ちゃだめだよ」

「どうして？」

大谷の母親は、ズカズカと入って来て、「ちょうどお昼ですよ。ママのお弁当を食べてから、仕事に精を出してちょうだい。どこで食べる？　その机？」

いくら大谷が仕事柄死体に慣れているといっても、死体が突っ伏していた机でお昼を広げる気にはなれなかった。

「ちょっと待ってよ、ママ。今、どこか適当な場所を捜すから」

「警部」

と、弓江が言った。「反対側の部屋を、本部として使わせていただくことになっています。今は誰もいませんから、どうぞ」

「あら、ありがとう」

大谷の母はさっさと教授室を出る。

大谷があわてて後を追った。

このエリート刑事、母一人、子一人で育った、大変なマザコンなのだ。

そして、大谷の母は、息子の恋人、弓江を敵視している……。

しかし、弓江としては、大谷の母に逆らってケンカをしても仕方ない。巧《うま》く、ペースを合わせて行くしかない、と思っているのである。

差し当り、弓江としては、「母子水入らず」の所を邪魔する気にもなれず、山本秀子に話を聞いておこう、と思った。

山本秀子は、どこか、一目で尊敬の念を起こさせる女性だった。

一つの事に打ち込んで来た人間に特有の、芯《しん》のしっかりしたところがある。

「先生はいい方でした」

と、山本秀子は言った。「どうして、そんな毒なんて……。分かりません」

と、首を振る。

「恨んでいた人はいませんか」

「思い当たりません」

と、秀子は即座に言った。「もちろん、話は大学関係の方しか存じませんけど」

「でも、長く働いてらっしゃったんでしょう?」

「十年です」

「それじゃ、ある程度は、性格などもご存知《ぞんじ》でしょう?」

「はい」

と秀子は、ちょっと涙ぐんで、「あの方を殺そうとする人なんて、人間じゃありませんわ」

「学者タイプの——」

「ええ。それこそ、子供のように無邪気な方でした」

子供のように、ね。弓江は思った。——子供のように純情な殺人犯だって、いくらもいるのだ。

「あのお茶を淹《い》れたのは、どなたですか？」

秀子は、初めて、戸惑いの表情を見せた。

「それが分かりません。私がいつも淹れてさし上げてたんですけど」

「今朝は遅く来られたんですね？」

「はい。それが、とても妙で」

「妙なこと？」

刑事は、大体、妙なことというのが大好きである。

秀子は今朝の、いたずら電話のことを話した。

「あれさえなければ……」

と、また涙ぐむ。

これは、どうも計画的ないたずらかもしれない、と弓江は思った。

「前にも、そういういたずら電話が？」

「いえ、今日が初めてです」

これは偶然ではあるまい。してみると、浦田は、計画的に殺されたことになる。

「何か——身の危険を感じておられるようなことは、ありませんでしたか?」

「いいえ」

と、秀子は首を振った。「このところ、話といえば、息子さんが恵まれている、ということばかりで……」

「恵まれている?」

「ええ、とてもそれを喜んでおられたんですわ。先日、息子さんが結婚なさったんですが、とてもいいお嫁さんだそうで、このところ、いつもその話ばかり——」

大体、父親は、息子の嫁を可愛がることが多いものだ。

母親とは逆にね、と、弓江は大谷たちのいる部屋の方へ、チラリと目をやった。

「息子さんにご連絡は?」

「はい、もうみえるころだと思いますが」

話をしていると、刑事の一人が顔を出して、

「香月君、大谷警部は?」

「今だめです」

「だめ？」

「お昼の時間です」

「ああ、そうか」

と、笑って、「被害者の息子ってのがみえてるんだ」

「まあ」

と、秀子が立ち上がる。

弓江が現場の教授室へ入って行くと、ちょっと暗い感じの男が、ぼんやりと浦田の死体の傍に立っていた。

「雅照さん、とんでもないことで――」

と、秀子が歩いて行く。

「やあ山本さん」

と、浦田雅照は、秀子を見て、ホッとしたようだった。

「どうも殺人らしい、って、警察では」

「殺人か……」

弓江は、息子の反応が、山本秀子と全く違うので、おや、と思った。

まず、そんないい妻を持ったにしては、ひどく疲れ切った印象を受ける。それも、生活の疲れ、というやつである。

それに、山本秀子と違って、殺されたと聞いても、そうびっくりした様子がない。

「誰がこんなむごいことを……」

と、秀子がまた涙ぐんでいるのに、雅照は大して感慨もないようだ。

「ちょっとお話を――」

と、弓江は雅照を、秀子のいた部屋へと案内した。

「――結婚されたばかりですか」

と、弓江は気軽に言った。

「ええ、まあ……」

「お父さんが、いつもお嫁さんを自慢してらしたそうですよ」

「親父《おやじ》が?」

雅照はびっくりした様子だった。

「ええ」

「冗談じゃない!」

と、雅照は吐き捨てるように言った。

「違うんですか?」

「もう離婚しようかと話してるんですよ。そんなにいい夫婦のはずがないでしょう」

弓江は目を丸くした。

ドアが開いて大谷が入って来る。

弓江が、これまでのところを要約すると、大谷は肯いた。

「してみると、浦田さんは、お嫁さんとうまく行っていなかったんですか？」

「はあ。――何しろ通子は――女房の名です――勝手な女なんです。父の面倒など、見たこともありませんよ」

どうなってるの？　弓江は首をかしげた。

ドアが開いて、大谷の母が入って来た。

「努ちゃん、食後の胃の薬！」

弓江は、穴があったら入りたいと思っていた。

2

「気持は分かるわ」

と、大谷の母が言った。

「ママ、何のこと？」

と、大谷は夕食後のフルーツを食べながら訊いた。

「その殺された人だよ」

「浦田さんが、息子の嫁を賞《ほ》めてたことですか」

と、弓江は言った。

三人での夕食。レストランだったが、大谷の母は、息子の体のため、と称して、調理場にまで入り込んで、料理のやり方を指示して来た。

これのおかげで、年中、新しいレストランを開拓しなくてはならないのだった……。

「そう。――こうあってほしい、っていう気持が、いつの間にか、本当にそうだと思い込む――」

「見栄《みえ》もあったんじゃないでしょうか」

と、弓江は言った。

弓江だけは、安い定食で、しかもフルーツ抜きである。

「そうね。でも、どうして殺されたの？」

「それが分からなくて苦労してるんじゃないか！」

大谷はフルーツを片付けると、「コーヒーをね」

と注文した。

「コーヒーは淹れ方が――」

と、母が腰を浮かすのを、大谷は、あわてて止めた。

「お茶に毒が入ってたの？」

と、大谷の母が訊く。

「そうです。でも――不思議なのは、誰もお茶を淹れてないってことなんです」

「自殺じゃないの？」

「それにしては、理由が乏しくて」

「殺人なら犯人がいるわね」

「当り前だよ、ママ」

「誰か適当に捕まえたら？」

「犬や猫じゃないんだから」

と大谷は苦笑した。

「――失礼します」

と女の声。

大谷の母が、

「ちょうどよかったわ。私はお紅茶にしてちょうだい」

と言うと、

「わたし、ウエイトレスじゃありません」

と、その女は言った。「浦田通子といいます。刑事さんですね」


「――ともかく、最初から、無理な話だったんです」

と、浦田通子は言った。「私は、仕事を持っているんです」

「どんなお仕事ですか」

と、弓江は訊いた。

「大学の助教授です」

「助教授？」

大谷が目を丸くした。「でも――ずいぶんお若いのに」

「一応、その分野では、多少認められていますから」

通子はアッサリと言った。

別に、自慢することでもない、当り前という口調だ。

「浦田さんと結婚されたのは――立ちいった質問で恐縮ですけど、どういうお気持だったんですの?」

と、弓江は訊いた。

仕事意識もあったが、半分は女としての好奇心もある。

「あの人の方から、しつこく言って来たからです」

と、通子は言った。「あんまりうるさいので、ピシャリと断ってやりました」

「はあ」

「そしたら、自殺未遂を起こしたんです」

通子は肩をすくめて、「いくら何でも、死なれたら後味も悪いし、と思って、結婚しました」

何だか、ずいぶんいい加減だな、と弓江は思った。

「でも、そのとき、ちゃんと、研究生活を優先させる、という条件をつけたんです。家事だって、私、ろくにできませんし、当分、子供だって欲しくありません。――浦田は、それを全部承知で、結婚してくれと言ったんです」

「なるほど」

大谷は肯いた。「父親の方はどうでした? あなたと息子さんの結婚について、反対とか――」

「よく分かりませんわ、それは。でも、一緒に暮していて、夫よりは、義父《ちち》の方がずっと気が合いました」

「あれこれ、いざこざが起こるようなことはなかったんですか？」

「夫とは年中です。結婚すれば、私が妻としての仕事を、やり出すだろうと思ってたようです」

そういうタイプが多いのよね、と弓江は内心肯《うなず》いた。

結婚するまでは、

「女性は自立すべきだ」

とか言っちゃって、いざ結婚すると、

「おい、新聞！」

とか、自分は寝そべったままで、タテのものもヨコにもしない。

大体、男は身勝手なんだから！　弓江は一人で憤慨していた。

「——で、今朝の事件ですが」

と、大谷が言い出したので、弓江は、ハッと我に返った。

「義父を殺すなんて、とても考えられませんわ」

通子は、首を振った。——初めて、痛々しい感情がその表情に浮かんだ。

「恨まれているようなことは、ありませんでしたか」

通子は、ちょっと首をかしげて、

「意味によりますわ」

と言った。

「というと？」

「学者や研究者の世界って、何となく俗世間と違って純粋みたいに見られますけど、実際は凄《すご》くどろどろしてるんです。派閥はあるし、競争はあるし、対立も、中傷もあります。学問上の対立が、そのまま大学内の勢力争いに持ち込まれてしまいます」

「なるほど」

大谷は感心したように肯く。

「タフでなければ、保《も》ちませんわ」

と、通子は微笑《ほほえ》んだ。

これは、なかなか大した人だ、と弓江は思った。大物だわ。

「つまり、その意味では、浦田さんを恨んでいた人もいた、と？」

「でも、義父は現役を退いていましたからね。たとえ恨まれたことがあったにしても、過去のことです」

「そうですか。――すると、心当りはない、というわけですね」

「はい。私には全く」

「分かりました。何かありましたら、お知らせ下さい」

通子は、席を立つと、

「これから、大学へ戻らなくてはなりません」

と言った。

「もう夜ですよ」

と、弓江がびっくりして言った。

「学生の論文を読んでおかないといけないんです。当て字だらけで苦労しますわ」

と、通子は言った。

それまで、全然口を開かなかった大谷の母が、急に、

「ねえ、あなた」

と言い出した。

「はい？」

「亡くなったお義父《とう》様のことは、放っておくの？」

通子は一向に動じなかった。

「学者にとっては、研究が第一です。義父もよく分かっていたはずですから」

弓江はハラハラした。大谷の母が、怒り出すのではないか、と思ったのだ。

しかし、思いがけず、大谷の母は、

「それもそうですね」

と、微笑んだ。「あなたは、とてもいいお嫁さんだと思いますよ」

弓江と大谷は、びっくりして、顔を見合わせた。

「弓江さん」

と、大谷の母が言った。

「は、はい」

「こんな時間に、人気《ひとけ》のない所へ、若い女の方を一人でやるのは危いわ。あなた、護衛について行ったら？」

「そうですね」

と、弓江は立ち上がった。

要するに、大谷の母としては、可愛い息子と二人で、食後のひとときを楽しみたいのである。

「――すみませんね、わざわざ」

と、通子が言った。

夜の大学構内。――気味が悪いほど、ひっそりと静まり返っている。

「いいえ、仕事ですもの」

と、弓江は気軽に言った。「あなたが、こんな時間に大学へ来るのと同じですわ」

「あの大谷警部さんって、面白そうな方ですね」

「ええ。――どっちかというと、母親の方が、ですけど」

通子は、ちょっと笑った。それから、真顔になって、

「ずいぶん冷淡な女だと思われたでしょうね。義父が亡くなっても、涙一つ流さないし」

弓江は黙っていた。こういうときは、相手にしゃべらせておくに限るのである。

そういう話の中から、ヒョイと手がかりが飛び出すこともある。

「でも、私自身の父も研究者だったし、その父も、そうなんです。――生まれつき、勉強に生きるように決められていたんですね」

私なんか、想像もつかないわ、と弓江は思った。生まれつき、「勉強に向かない」と決められていたのかもしれないわ(?)。

「――それに、葬儀の手配だ何だといっても、私、全然分からないし。専門家に任せるしかありませんものね」

それも一理ある、と弓江は思った。

大体、刑事という仕事をしていると、人間不信に陥りやすいのである。

被害者の葬儀で、一番悲しみに打ちひしがれていた人間が犯人だったりするのは、年中なのだから。

それは必ずしも「演技」しているわけではないのだ。本心から、悲しんでいることだって、珍しくないのである。

人殺しだからといって、誰もが冷酷無比な名優ではない。――人間というのは、複雑な生きものなのだ……。

「――この建物です」

と、通子は足を止めた。「わざわざ、送っていただいて」

「いいえ。でも、気を付けて下さい」

「ありがとう。――こんな、本の生まれ変わりみたいな女を襲う物好きもいないでしょう」

通子は、微笑んで、古びた建物の中に、姿を消した。

小刻みな足音が階段を上って行くのが聞こえる。その歯切れのよさが、いかにも、「働いている女性」という感じだった。

弓江は、ため息をついた。

タイプとして、浦田通子は全然弓江とは違っているが、それでも奇妙な親近感を覚えた。

要するに——そう、「甘えていない」のである。

それが、あの爽《さわ》やかさを生んでいるのだろう。

「さて、帰ろう」

と、弓江が歩きかけたとき、通子の入って行った建物の中で、ドタン、と何かが激しくぶつかったような音がした。

ダダッと階段を駆け降りて来る足音。

弓江は、建物の玄関へと駆け寄った。

中から、男が一人、飛び出して来た。

「止りなさい！」

と、弓江が両手を広げて立つ。

「この野郎！　どけ！」

男が拳《こぶし》を振り回して、かがみ込んだ弓江の頭上をかすめた。

弓江は両手で男の手首をつかむと、エイッとかけ声とともに――男の体が一回転して、ドシン、と地面に叩きつけられる。

ウーン、と唸《うな》って、男はのびてしまった。

「――まあ、大丈夫ですか？」

と、通子が急いでやって来た。「研究室へ入ったら、いきなり後ろからつかまえられて。――思い切り振り離して、大声を上げたんです」

「無事で良かったですね。誰かしら？」

弓江は、わきへどいて、建物の玄関の明りが男の顔を照らすようにした。

「まあ！　石浜君！」

と、通子が声を上げた。

「ご存知ですか？」

「ええ……」

通子の動揺は、ただごとではなかった。

あんなに冷静だった通子が真っ青になっている。

「学生さん？」

ませんか」

「ええ——あの——」

通子は、ためらって、「香月さん、すみません、この人のことは私に任せて下さい

と、哀願するように言った。

「ええ？　でも——」

「心配いりません。この人のことは、よく知ってるんです」

通子の言い方には、どこか必死の思いがこめられていた。

「——分かりました」

弓江は肯いて、「そうおっしゃるのなら……」

「すみません、恩に着ます」

通子が頭を下げる。

それは、どうにも「女性研究者」には似つかわしくなかった。

「少しすれば、息を吹き返すと思いますよ」

弓江は、そう言って、歩き出した。

振り返らなくても、通子がじっと見送っているのは分かる。

そんなこと——したくはないんだけど。

弓江は、一旦《いったん》、大学の門を出て、振り返った。

もう、通子の姿は、建物の陰になって見えない。

弓江は、体を低くして、大学の構内へと、戻って行った……。

仕事なんだから、立ち聞きだって、と自分に言い聞かせながら……。

3

「——すると、その石浜って学生は、浦田通子の恋人なのか」

と、大谷が呆《あき》れたように言った。

「そうはっきりとは言い切れません」

と、弓江は言った。

「しかし——」

「恋というものの定義によります」

「何だって？」

「一方的に恋しているだけでも恋と呼ぶかどうかです」

「ふむ。しかし……」

「たとえば、私と警部の場合は――」

「おい、香月君！」

大谷が、あわてて周囲を見回す。

何しろ、捜査一課の中である。弓江は、ちょっと笑って、

「冗談です」

と言った。「でも、周辺での聞き込みでは、石浜が通子さんに惚《ほ》れていた、という証言はいくらもありますけど、通子さんの方が、それに応《こた》えた、という話は出ませんでした」

「なるほど」

大谷は肯いた。「浦田殺しと、どこかつながっているのかな」

「毒薬の出所は分かったんですか？」

「大学の実験室らしいよ」

「まあ、危い！」

「今、管理責任を追及する、という話を進めているんだ。しかし、そうなると、その学生も怪しい」

「石浜が、浦田教授を殺すんですか？」

と、弓江は目を丸くした。「でも、動機がありません」

「そうでもないんだ」

と、大谷は言って、席から立ち上がった。「一緒に来たまえ」

大谷の車は、外苑《がいえん》の、静かな裏通りへ入って行った。

「どこへ行くんですか？」

「ホテル」

「え？」

「冗談だよ」

弓江は、大谷の腕をギュッとつねった。大谷が悲鳴を上げ、クラクションが派手に鳴った。

車が停《とま》ったのは、三階建の、小さなマンション。

「その二階だ」

と、大谷は言った。

階段を上って、二階へ。──〈二〇四〉というドアには、〈梶井《かじい》〉という名がある。

「誰ですか、これ？」

「呼んでみよう」

チャイムを鳴らすと、少ししてドアが開いた。――若い女だ。

何だか、派手なネグリジェ姿。寝ぼけまなこで二人を見る。

「何の用？」

「梶井圭《けい》子《こ》さんですね」

「ええ」

「浦田雅照さんはいますか」

「いるわよ。――ねえ、雅ちゃん」

と、その女が声をかけると、

「何だよ」

と、のっそり出て来たのは、浦田雅照その人だった。

パジャマ姿で、大谷と弓江の二人を見ても、ちょっとの間、誰だか分からなかったらしい。

「何か用？」

「警察ですが」

「あ！」

雅照は仰天して、急に目が覚めたようだった。

「ちょっとお話をうかがいたいので、仕度して下さい」

「は、あの——」

「下の喫茶店でお待ちしていますよ」

と大谷は言って、「逃げれば不利になるだけですからね」

と付け加えた。

ドアを閉めると、中から、梶井圭子が、

「ねえ、あんた、何やったのよ！　いやよ、私、変なことに係わり合うの！」

と食ってかかっているのが聞こえて来た。

「——じゃ、あれが雅照の恋人？」

と、弓江は呆《あき》れて言った。

下の喫茶店で、大谷と二人、浦田雅照がやって来るのを待っているのだ。

「そうさ。あいつもなかなか食わせ者だよ」

「じゃ、動機としても——」

「父親は、かなりの遺産を遺《のこ》したんだよ。それが分かったので、ちょっと調べてみると、すぐにボロが出て来たわけだ」

「呆れたもんだわ。じゃ、息子の方にも動機はありますね」

「うん。あのマンションは、彼が女に買ってやってるんだ」

「よく、そんなお金が――」

「ないよ。借金さ。その返済でかなり大変だったらしい。――さあ、やって来たな」

雅照は、苦虫をかみ潰《つぶ》したような顔でやって来た。

「――何です、一体？」

と、ふてくされて座る。

「借金取り立てで大変なようですね」

雅照は肩をすくめて、

「父の遺産が入りますからね。それで返せますよ」

「なぜ、そんな借金までして、あの女性にマンションを買ったんです？」

と、弓江が訊いた。

「通子と結婚したので、あいつ、凄く怒ったんですよ」

と、雅照は言った。「ぶちまけてやる、とか言って。で、何かしてやらないと、とてもおさまらなくて」

「それで、マンション？」

「高い買物ですよ」

と、雅照は肩を揺《ゆす》った。

タバコをふかしている雅照は、ひどく老《ふ》けて見えた。生活の荒《すさ》んでいる様子が、顔に出ている。

「もし、お父さんが亡くならなかったら、困ったでしょうね」

と、大谷が言うと、雅照は、

「そうですね」

と、アッサリ肯いた。「助かった、というところです。親父もいいとこある」

そんなことに使うように、金を遺したわけじゃないだろうに、と弓江は思った。

「お父さんは毒殺されたものと見られています。あなた、毒薬の知識がありますね」

「多少は。一応薬学部を出ましたからね」

「薬剤師になるつもりで？」

「いいえ、そんなことは考えていませんでした。ただ、親父の金で食ってけるな、と思って」

頼りない男だ。弓江はため息をついた。

「でも、俺《おれ》は親父を殺したりしませんよ」

当然のことながら、雅照は言った。

「お茶を淹れた人間がいるはずです」

と、大谷は言った。「その中に、青酸カリが入れてあったわけですからね」

「でも、僕じゃない」

「あなただとは言ってませんよ」

「でも、そういう目で見てます」

雅照がびくついているのは、弓江の目にもよく分かった。本当に情ない男！

通子も、早く別れた方がいいんじゃないかしら。


「――そうです」

と、山本秀子は肯いた。「お茶碗《ちゃわん》は、いつも同じものです」

「それを知っている人は？」

と、弓江が訊いた。

「誰でも知ってたと思いますよ」

と、ありがたくない返事。「いつでも、机の上にありましたからね。誰でも見ていたでしょう」

現場となった教授室に、弓江は一人でやって来ていた。

山本秀子が、主を失ってもなお、忠犬ハチ公の如《ごと》く出勤して来ている。

「先生の論文や、業績をまとめなくてはなりませんもの」

と、秀子は言った。「これが私の仕事ですわ」

「すみませんが」

と、弓江は言った。「お茶をいつも淹れるのを、ちょっとその通りにやってみていただけませんか？」

「はい」

「朝来たとき、するように、です」

秀子は、一旦廊下へ出ると、また入って来た。

「いつも、先生にご挨拶《あいさつ》して、それから、ポットのお湯を入れに行きます」

「外ですか」

「廊下です。この先が給湯室で」

「分かりました。その間、ここを空けるわけですね？」

と弓江が訊く。

「そうです。ポットにお湯を入れて戻るまでに、五、六分でしょう」

「それから、お茶を淹れる。——やってみて下さい」

「はい」

教授室の中には、戸棚がある。そこから、秀子は、湯呑《ゆの》み茶碗を一つ出した。

「その茶碗は——」

と、弓江が言うと、

「あ、もちろん、これはお客様用です。先生のものは、警察の方が持って行きましたから」

「分かりました」

と、弓江は肯いた。

「でも、分かりませんわ」

と、山本秀子は首を振った。

「え？」

「先生がご自分でお茶を淹れることなんて、考えられませんもの。といって、他の誰がそんなことをしたのかしら」

聞き込みでも、浦田にお茶を出したという人間は出ていない。もちろん、犯人なら、そんなことを認めるわけがないが。

「——色々複雑だったようですね」

と、秀子が言った。「私も初めて聞きましたわ。息子さんのことや、そのお嫁さんにも、他に恋人がいたとか……」

「そこなんです」

弓江は、椅子《いす》の一つに腰をおろした。「なぜ、浦田さんは、息子さんが恵まれてる、とおっしゃってたんでしょう？　本当にそう信じておいでだったんでしょうか？」

秀子は、ちょっと考え込んでいたが、

「そうですね。――たぶん、そう信じておられたんだと思います。あの話しぶりは、とても演技とは思えません」

しかし、いわゆる、一般的な意味で、浦田通子は、「いい嫁」とは言えない。もちろん、考え方にもよるが、他人に向って、わざわざ自慢するというタイプではないように思える。

分からないわ。

弓江は頭をかかえた。

「――困りましたね」

夕食の席で、弓江は言った。

「あら、どうしたの？」

と、大谷の母はすかさず言った。「縁談でもあるんだったら、いつでも遠慮しないで辞《や》めてかまわないのよ」

「ママ！」

大谷が渋い顔で、「香月君に辞められちゃ僕が困るよ」

「あら、努ちゃんには私がついてるわ」

「でも、ママは刑事じゃないんだから」

「いつだって、なってあげるわよ」

と、大谷の母はやり返した。「毎日、パトカーで送り迎えしてくれればね」

「警視総監じゃあるまいし」

「——私が言ったのは、事件のことなんです」

と、弓江は、そっと言った。

「食事のときに、仕事の話なんかすると、胃によくないわ」

と、大谷の母が言った。「あなたは努ちゃんを胃炎にでもするつもり？」

「ママ、やめてくれよ」

レストランである。大谷としては、周囲の目も気にしなくてはならなかった。

「浦田が毒殺されたのは、ほぼ確実だ」

と、大谷が言った。「茶碗の中に残っていたお茶にも、青酸カリの痕跡《こんせき》があったからね。ただ、お茶がほんの少量だったから、どれくらいの量の青酸カリが入っていたのかは、はっきりしないんだ」


「その青酸カリは、大学内の研究室から盗み出されたんですね」

「そう。だが、管理がずさんで、誰でも盗める状態だった」

「浦田雅照も、通子も、大学内のことはよく分かってるわけですから、盗む機会はあったんですね」

「その息子も先生なの?」

と、大谷の母が訊いた。

「いや、父親のコネで、大学の事務に勤めてる。それもあんまり役に立たないらしいよ」

「親が偉すぎると、そんなものよ」

と、大谷の母は肯いた。

「でも、問題は、浦田教授のお茶に、青酸カリを入れる機会が、誰にあったか、ですわね」

「その通り。——息子の方は、これが白なんだな」

「本当に?」

と、大谷の母が言った。

「うん。どうして?」

「そういう息子は、何をやっても、不思議じゃないからさ」

「お母様のカンは、よく当たりますものね」

と、弓江が言うと、大谷の母はジロリと見て、

「カンではありませんよ。人生経験なんですからね」

と胸を張った。

「申し訳ありません」

「ともかく——」

と、大谷はあわてて言った。「息子の方は、この日は出張してたんだ。といっても、都内の他の大学へ、だけどね」

「途中で戻って来るとか——」

「いや、それは残念ながら、無理だ。ちょうど、浦田教授がお茶を飲んでいた時間に、他の大学で人と会っている」

「その女の方は？　恋人のさ」

と、大谷の母。

「梶井圭子？　彼女には可能性があるね」

「そうだよ」

と、大谷の母は肯いた。「その先生だって、息子がお茶を淹れたら変だと思うかもしれないけど、知らない女の子が来て、『新しく入りました』とでも言えば、怪しまれないだろうからね」

「さすがに、お母様ですね！」

と、弓江がすかさず賞める。

「まあね」

大谷の母は涼しい顔で、「少し警視庁から、お給料をいただこうかね」

と、悪乗りしている。

「――通子さんの方は？」

と、弓江が言った。

「彼女は大学に来ていた。というより、前の晩から、家に帰っていなかったんだ」

「まあ」

「そこが、ちょっと怪しい。例の、石浜という学生のこともあるしね」

「通子さんはどう言ってるんです？」

「うん、ともかく、研究に熱中している内に、気が付いたら、夜中の二時だった、というんだな。だから、もう終電もない。それで、大学の中に泊ってしまった」

「どこで寝てたんでしょう」

「研究室の中の長椅子で寝たんだとさ。珍しいことじゃないらしい」

「凄いですね」

と、弓江は目を丸くした。「それなら、刑事にでも、なれるわ」

「当日は、午前中、授業がないので、図書館の中で、本を捜していた。——アリバイにはならないね」

「で、誰を捕まえるの？」

と、大谷の母が、気楽に訊いた。

4

いきなりドアが開くと、石浜が飛び出して来た。

弓江は、びっくりして、あわてて曲り角の陰に身を隠した。

大学の研究棟の中、石浜が出て来たのは、浦田通子の研究室のドアである。

「もう頼まねえよ！」

と、石浜は、研究室の中へ悪態《あくたい》をついた。「その代り、何をしゃべられてもいいんだな！　後で悔《く》やんだって、知らねえぞ！」

何とも勇ましい捨てゼリフを残して、石浜が歩いて行く。――通子が、研究室から出て来て、その後ろ姿を見送っていた。

「失礼します」

と、弓江が声をかけると、通子は振り返った。

「まあ、刑事さん」

「すみません。ちょっとお話を――」

「見られてしまったようですね。お入り下さい」

と、通子は微笑みながら、言った。

研究室の中へ入って、弓江は目を見張った。――本、また本。

部屋自体が、本でできてるみたいである。

「すみません。ろくに座る所もなくて」

と、通子が、椅子の上の本をどけた。

「いえ、そんなこと……」

これなら、研究に没頭して泊り込むというのも、不思議ではない。

弓江は、通子がお茶を淹れてくれるのを、じっと見ていた。

「――どうぞ」

「すみません」

弓江は、お茶を一口飲んだ。――おいしい。

これにはびっくりした。どうせ色がついているだけのお茶だろうと思っていたのだが……。

いい葉を使っているのだ。――この人、見かけや、暮しぶりはともかく、なかなか繊細な、女らしい人ではないのかしら、と弓江は思った。

「実は、今出て行った石浜さんのことなんですけど」

と、弓江は言った。「あなたの恋人とか噂《うわさ》が立ってるの、ご存知でしょう?」

「ええ」

「でも、実際のところ、どうなんですか? 本当のことを聞かせて下さいません?

私、とても、そんなこと、信じられないんです」

通子は、ちょっと目を伏せた。弓江は続けて、

「もし、事情があれば、事実を公表したりしませんよ」

と言い添えた。

通子は、ちょっとためらってから、微笑んで、言った。

「あなたのこと、信用しますわ」

「ありがとう」

「いい方ね、あなたは」

通子は、足を組んで、息をついた。「——石浜君は、私の弟なんです」

「弟？」

弓江は目を丸くした。

「ええ。でも——母親は違っていて……。父は、めちゃくちゃな人だったんです」

「それで、ずっと——」

「いいえ、それが分かったのは、割合に最近のことなんです。たまたまあの子がこの大学に入っていて、ここへ訪ねて来ました。——それ以来、私も家族を亡くして寂しかったりで、つい、小づかいをあげたりしていたんですけど」

「それが噂になったんですね」

「でも、あの弟は、だめなんです。性格が弱いというのか、お金をあげると、すぐに遊びか酒でつかってしまって。——それが分かったので、もうお金をやらない、と言ったんです」

「それで、今の……」

「情ない話ですわ」

と、通子は苦笑した。

「あの日は、ここへ来たんですか?」

「あの日?」

「浦田教授が亡くなった日です」

「弟が?——ええと——そうですね、確か来たんだと思います」

と、しばらく考えて、「そう、来ましたわ、確かに」

「どんなお話を?」

「今と似たようなものですわ。——意見してやると、干渉するな、と言って、怒って出て行きました」

救い難いわね、と弓江は思った。そういう男が、自分で立ち直るのは困難である。

「分かりました。どうも気になったもんですから」

「黙っていて、すみません」

と、通子は言った。「——犯人は捕まりそうですの？」

「何としても逮捕してみせます」

「その意気込みですね」

と、通子は、微笑んだ。「研究も同じですわ」

「というと？」

「捜しているものがあるときは、絶対見付かる、って自分へ言い聞かせるんです。そうすると、結構本当に見付かるんですよ」

——そんなものかしら、と、弓江は思った。

研究室を出て、外へ出ながら、

「よし、それじゃ私も——絶対に手がかりが見付かる！　絶対に見付かる！」

と呟《つぶや》いた。

そして、校内を出てみると——ちょうど、石浜が、電話ボックスから出て、タクシーを拾うところだった。

えらく楽しげに、口笛など吹いている。

何だろう？——金がないにしては、タクシーを使ったりして。

これが「手がかり」かしら?――よし!

弓江は、自分もタクシーを拾って、

「前の車を追って」

と言った。

「え?」

弓江が警察手帳を見せる。これが一番効くのである。

――石浜がタクシーを降りたのは、何とも悪趣味なラブホテルの前だった。

女と待ち合わせかな?

弓江は、少し遅れて、中へ入った。

「お待ち合わせで?」

と、受付の男がニヤついて言った。

「まあね」

弓江が手帳を示す。

「ご苦労様です」

急にかしこまってしまう。

「今来た若い男は? 相手とはここで?」

「女性の方は先に部屋に入っています」

「案内して」

「かしこまりました」

エレベーターで、三階へ上がる。

「――お金を払ったのは、どっち？」

と、弓江が訊いた。

こういうホテルは先払いである。

「男の方ですよ」

してみると、金を持っていたのだ。どこで手に入れたのだろう？

――廊下を歩いて行って、ドアの前で止る。

「ここです」

「じゃ、ノックして。適当に言ってよ」

「かしこまりました」

と、ホテルの男はドアをノックした。

「――何だよ？」

石浜の声である。

「飲み物のサービスでございます」

ドアが開くと、弓江が顔を出した。

「ちょっと話があるのよ」

石浜は、ギョッとして目を見開いた。

だが、弓江の方だって、目を見開いた。

石浜はシャワーを浴びたところだったらしく、バスタオルを腰に巻きつけていたのだが、ギョッとして、後ずさりした拍子に、タオルが落っこちたのだった。

「早く服を着てよ！」

弓江は真っ赤になって、わきを向いたが——そのとき、ベッドに入っている女が目に入ったのである。

「まあ！」

弓江は唖然《あぜん》とした。——梶井圭子ではないか！

「畜生！」

突然、石浜が逃げ出した。タオル一つ、腰に巻いて、それを手で押えたままである。

「待って！」

弓江が急いで後を追う。

　エレベーターの扉が開いた。石浜が、チャンスとばかり、中へ――だが、はね飛ばされて、廊下へ引っくり返ってしまった。

　再びタオルは外れて、落っこちた……。

「何なの、この男？」

　エレベーターから出て来たのは、大谷の母だった。

「お母様！　どうしてここへ？」

　弓江は目を丸くした。

「あなたがここへ入るのがタクシーから、見えたの。だから恋人でもいるのなら、証拠の写真でも、と思ってね。でも――」

「捜査なんです」

「そのようね」

　大谷の母は肯いて、丸裸の石浜を見下ろし、「ちょっと当て身をくらわしただけなのに、情ないわ、今の若い人は」

　と言った。

「――悪いかよ」

石浜は、ベッドに座って、ふてくされている。

もちろん、今は服を着ていた。梶井圭子の方もだ。

「誰と愛し合おうと、私たちの勝手よ！」

二人して開き直っている。

「それはご自由に」

と、弓江は言った。「でも問題はお金の出所ね」

「ご自由じゃありませんよ」

と、大谷の母が口を出す。「男からお金をもらって、生活していながら、他《ほか》の男と床を共にするのは、徳義にもとります」

「何よ、このおばさん」

と、梶井圭子がふくれっつらで言った。

「よせ！　おっかないんだぞ」

と、石浜があわてて言った。

「石浜さん」

と、弓江は言った。「あなた、今日、通子さんにお金をせびって、断わられたんでしょう？　どこでホテル代を手に入れたの？」

「それは――」

石浜が詰った。

「言えないの？　じゃ、お母様、申し訳ありませんが、もう一度合気道で――」

「待ってくれよ！」

石浜が青くなった。「分かったよ。言うからさ」

「素直になるのは、いいことです」

と、大谷の母が言った。


夜。――大学のどこも、ほとんど灯が消えている。

ごくわずか、灯の見える部屋の一つが、浦田教授室だった。

もう、主がいないのだから、間もなく空けなくてはならない。

今、山本秀子は、最後の荷物の片付けに追われていた。

段ボールの一つ一つに、ていねいに、中に納めた書類が記されている。

「ええと……もう何もなかったかしら」

と、秀子は呟いた。

積み上げた段ボールで、部屋が狭く感じられるが、これを運び出してしまったら、空っぽだ。

そう思うと、秀子の心にポッカリ空洞があいたようだった。

ぼんやりと椅子に座っていると、ドアをノックする音がした。

「どうぞ。——まあ、通子さん」

「ご苦労さま」

と、通子は言って、部屋の中を見回した。「よく片付いたわね。大変だったでしょう」

「仕事ですから。それに——」

と、秀子は、ちょっと間を空けて、「先生のものなら、私が一番良く知っています」

「そうね。本当によく義父を手伝ってくれたわ」

「とんでもない」

と、秀子は頭を下げて、「——このお部屋、またどなたかがお使いになるんでしょうね」

と言った。

「私が使うわ」

と、通子は言った。

「何ですって？」

「今の研究室、狭くて仕方ないの。だから、ここへ移れば、少し余裕ができるわ」

通子は、浦田教授の椅子に腰をおろした。

「古い椅子に座ってたのねえ。義父らしいわ」

秀子は、ちょっと通子を眺めていたが、やがて、言った。

「お茶を淹れましょうか」

「じゃ、お願いするわ」

と、通子は言った。

秀子が、戸棚に残してあったお茶の道具を出して来た。

「――山本さんは、これからどうするの？」

「さあ……。また秘書のお仕事でも捜しますわ」

「そう。あなたの能力が発揮できる仕事が見付かるといいわね」

「恐れ入ります」

秀子は、ポットのお湯を、ゆっくりと、茶碗に注いだ。

「義父は、いつもあなたに感謝していたわ。あなたに迷惑をかけている、と気にしていた……」

「そんなこと――」

と、言いながら、秀子は、茶碗を、机に置いた。「どうぞ」

「ありがとう」

通子は、茶碗を手に取った。

ドアが開いた。

「飲んじゃいけませんよ」

と、大谷が言った。

「それには、青酸カリが入っているはずです」

と、弓江が言いながら、机に歩み寄り、茶碗を取った。

山本秀子は青ざめて、立ちすくんでいた。

大谷は、ちょっと痛々しい思いを込めて、山本秀子を見ていた。

「あなたは、浦田教授を尊敬していた。おそらく、それ以上の気持でね」

「あの方は、私の総《すべ》てでした」

と、秀子は、呟くように言った。

「その教授が、通子さんのことばかりを賞めるので、あなたは苛立っていたんだ。

――青酸カリをなぜ持っていたんです?」

「死のうと思ったんです。――先生にもしものことがあれば、と」

「あの日、あなたは、いたずら電話で出勤が遅れた。着いてみると、教授は居眠りをしている」

「そのとき、寝言で呟かれたんです。『通子』と……。ショックでした。長く働いて来た私より、通子さんの方が、先生の心を占めている。――それで、私、カッとなって――」

「お茶に青酸カリを入れた。それから？」

「自分も一緒に死ぬつもりで、お茶を淹れようとしたら、お湯が足らなくなってしまったんです。で、ポットに入れに行っている間に、先生が目をさまして、お茶を飲んでしまわれたんですわ」

秀子は顔を振った。「見付けたとき、恐ろしくなりました。――何とか助かってほしいと思って、急いで校医の先生を呼びましたけど、もう……」

「その様子を、石浜が見ていたんだ。そして、あなたから、金をせびっていた」

「ここの片付けが終われば、私も後を追うつもりでした……」

大谷が、秀子を促して出て行く。

「――義父を愛していたのね、きっと」

と、通子が呟くように言った。

「そうですね。あなたがここを使うと言ったのが許せなかったんでしょう」

弓江は、通子を見て、「――これからどうなさるんですか? ご主人と離婚なさる?」

「さあ、どうしましょう。――別れたら、あの人はもうだめでしょうしね」

「浦田教授も、それが分かっておられたから、あなたがいい嫁だとおっしゃってたんですよ」

「そうね。――ゆっくり考えますわ。急ぐことないんですから」

本当だ、と弓江は思った。でも、私と警部の間は、あんまりのんびりしててもねえ……。たちまちお婆《ばあ》さんになっちゃう!

エリートのひそかな楽しみ

1

北山は、プッシュホンのボタンを押した。

「はい」

待つほどもなく、妻の昌江《まさえ》の声が聞こえて来た。

やれやれ、と北山は思った。いつも、ちゃんと、

「北山でございます」

と言わなきゃだめだと言い聞かせているのだが、一向に改まらない。

もし、上役からでも電話がかかって来たら、どうするんだ。

「ああ、僕だよ」

と、北山は言った。

「あなた。今、どこなの？」

「会社だ」

「まだ？」

「しばらくかかるんだ。今夜は帰れそうもない」

「そう……」

昌江の声には、はっきりと失望の響きがあった。「ずっと待ってたのよ。夕食の仕度をして……」

「仕方ないさ。仕事だからな」

「そうね。──分かったわ」

昌江は諦《あきら》めたように、「でも、徹夜じゃ体がもたないわ。少しは眠ってね」

と言った。

「分かってるよ。ホテルにでも泊るようにするから」

「それがいいわ。会社で寝るんじゃ、疲れが取れないわよ」

「分かった、分かった」

と、北山は、少しうんざりして言った。「ともかく明日は帰れると思う」

「ええ。それじゃ――」

「おやすみ」

北山は電話を切った。

昌江が、あれこれ心配してくれると、北山は却《かえ》って苛立《いらだ》った。自分が嘘《うそ》をついているから、なおさらである。

北山は、ベッドに寝転んだ。

もう、二時間も前から、ホテルにいる。

北山の家は、タクシーでも一時間ほどの近郊である。仕事を終えて、すぐに帰れば、そう遅くならずに帰り着けたし、充分に、夕食をとる時間もあった。

しかし、今夜はホテルに泊りたかったのだ。――時々、大体は月に二、三回だが、こんなことがあった。

もちろん、昌江は、そんなことなど知るはずもないが、大体、いつも北山は忙しかったから、怪しまれる理由もなかった。

それに、ホテルに泊るからといって、北山は浮気をしているわけではなかった。

いや――これも、浮気の一種、と言って言えないこともなかったが……。

北山は、ナイトテーブルの時計に目をやった。十一時半だ。

そろそろかな……。

北山は起き上がった。

ネクタイは外し、ワイシャツの上のボタンを外してある。これだけのことで、何だか、「自由」を手に入れたような気さえする。

北山は、三十八歳。働き盛りである。

北山は、自他ともに認めるエリートだった。一流の国立大学卒、一流企業への就職。

そして、四十前の若さで課長のポストにある。

加えて、スマートな容姿。腹も出ていないし、動きもきびきびしていて、美しかった。

北山自身、エリートであることを、充分に自覚していた。

だが、いつも「エリートである」ことは、疲れることだった。どこかに、息抜きを求めなくてはならない。

それが、この「外泊」だったのである。

北山は、鞄《かばん》を持って来ると、ベッドの上で開けた。柔らかい布でくるんだものを取り出す。

布を開くと、双眼鏡が出て来た。

北山の、「秘密の友」である。

双眼鏡を手に、窓辺に寄ってカーテンを開けた。——夜景が、足下に広がる。

北山はベッドの所まで戻って、部屋の明りを消した。一瞬、何も見えなくなるが、少しじっとしていると目が慣れて来る。

再び窓辺に寄ると、夜景が、一層くっきりと目に入った。

——いつも、このホテルの、それも上の方の階の部屋に泊るのは、周囲にあるマンションやホテルの窓を、よく見下ろせるからだった。

北山は、椅子《いす》を一つ、窓辺に寄せると、腰をおろした。

双眼鏡を目に当てて、調節リングを回すと、ちょうど正面のマンションのベランダが、くっきりと見える。

強力なレンズの双眼鏡で、安くはなかったが、それだけのことは充分にあった。

何枚ものレンズを通さないので、明るく見える。

世間には、意外に薄いレースのカーテンだけで、平気で寛《くつろ》いでいる人間たちがいるものだ。北山は、一つ一つの部屋を、丹念に見て行った。

いい趣味ではない。もちろん、それは承知の上だ。

しかし、一度やったらやめられない魅力を秘めていた。

——もともと、北山にこんな趣味があったわけではない。

出張先のホテルで、テーブルの引出しに、たぶん前の客が忘れて行ったらしい、一眼の望遠鏡を見付けたのが、きっかけだった。

その部屋から、夜、ちょうど外の公園が見下ろせる。なるほど、望遠鏡で見ると、ベンチで抱き合うアベックの様子が、手に取るように分かるのである。

しかし、北山は、別に欲求不満になっているわけでもなかった。昌江は、今三十二歳だが、なかなかの美人だったし、北山は充分妻に満足している。

だから、アベックを眺めるのも、初めの内は面白かったが、すぐに馬鹿《ばか》らしくなって、やめてしまった。

そして、ふと、レンズを、横へ向けたのである。——マンションだった。

夫婦がいかにも仲よく食事をしている。まだ若くて、新婚と見えた。そして夫の方は、出張にでも出るのか、背広を着て、出かけて行く。

見ていると、夫と入れかわりに、若い——大学生ぐらいの男が、部屋へ入って来て、妻と抱き合っていた……。

北山は、他人の情事を覗《のぞ》き見ても、一向に面白くなかった。

しかし、他人の私生活の秘密。それを盗み見ることが、すばらしい興奮を与えてくれたのだ。

それ以来、この「他人観察」は、北山の、隠れた趣味となった。

もちろん、他人から見れば、北山のしていることも、公園のアベックを覗くのと少しも変わらないかもしれない。しかし、北山自身にとっては、大いに違っていたのである。

「——さて、どうなったかな」

と、北山は、ある部屋へと双眼鏡を向けた。

——一人の老人が、居間にいる。

いつも同じ椅子だ。いや、車椅子なのである。いつも、同じ場所に置いてある。

三カ月ほど前、北山が初めてその部屋を見たときも、その老人はそこにいた。

かなりいい暮しをしていることは、居間の調度や装飾でも分かった。金持なのだろう。

いや、大体、そのマンション自体、安い金では手に入らない高級クラスのものだ。

最初、一人の若い女が、その老人の世話をしていた。——双眼鏡で見た限りでは、二十二、三というところらしい、ちょっと小太りの、可愛《かわい》い女だった。

老人は、いかにも気むずかしそうに、しかめっつらで、その女に、あれこれ指図していたが、女の方は、北山が見ている限りでも、実に良く、こまめに働き回っていた。

——次に、その部屋を見たとき、老人の態度の変り様に、北山はびっくりした。

ニコニコとしながら、実に楽しげに、女の働くのを見ているのだ。あれが同じ老人か、と思ったほどだった。

一カ月ほどして、また変化があった。

女の格好が、ガラリと変ったのだ。そして、女はもう、掃除や食事の仕度をしてはいなかった。

女は、老人の妻になっていたのだ。

部屋には、通いの手伝いらしい女が、別に来るようになっていた。

やれやれ、と北山は思った。——うまく、金的を射止めた、というところだな。

どう見ても、あの老人は、もうそう長生きしないだろう。遺産は、あの女の手にまるまる入るわけだ。

そして——半月ぶりに今日、北山はその部屋を覗いた。

老人は、ちょっとウトウトしているように見えた。

あの女が居間に入って来る。——外出するらしい。地味だが、まるで、パーティにでも出るような、黒のドレスを着ている。

老人の方へかがみ込んで、何か話をしている。――そして、もう老人は眠ることにしたのか、肯《うなず》いて見せた。

女が、老人の車椅子を押して、居間から出て行った。

居間の明りが消えて、その夜はそれきり、と思われたのだが……。


「それで、どうしたの、努ちゃん？」

と、大谷の母は訊《き》いた。

「いや――ママ、これは男と男の約束で、他人にはしゃべらないと言ったんだ。だからいくらママだからって――」

大谷努。――警視庁捜査一課きっての敏腕警部だが、凶悪犯には強くても、母親には頭が上がらない。

今も、母親手作りのお弁当を、捜査一課の応接室で、堂々と（？）広げているところだった。

二人の傍にチョコンと座っているのは、大谷の部下にして恋人、ということは、大谷の母のライバル、香月弓江刑事だった。

二十四歳ながら、二十歳そこそこに見えるピチピチした娘である。しかし、弓江も、大谷と母の間には、大いに気をつかっていた……。

だから、大谷の言葉に母親が顔色を変えて、

「そうかい。じゃ、お前は私のことを、他人だと思ってるのね？　そんな冷たい子だとは思わなかったよ。私は、何もかも犠牲にして今日までお前を――」

と始めると、あわてて、

「お茶が冷《さ》めますわ。入れかえましょう」

と遮《さえぎ》ったのだった。

「そうね。お願いするわ」

大谷の母も、いい加減なのである。

「でも、警部――」

と、弓江はお茶を淹《い》れながら、「今のは、お母様のおっしゃる通りですわ。途中までお話になって、後は言えない、っていうのはひどいですよ」

「そうですよ」

と、大谷の母が珍しく同調する。「弓江さん」

「はあ」

「この子は、女を馬鹿にしてるんですよ。こんな男と一緒になったら、一生苦労する

わ。もう見限って、他《ほか》の男に――」

「分かったよ、ママ」

と、大谷はため息をついた。「でも、絶対に口外しないでよ」

「ほら、やはり女を信じてない！」

「違うってば！」

むきになると、まるで子供みたいである。弓江はおかしくてたまらなかった。

「あのね、北山とは昔からの親友なんだ。だからこそ、あいつも僕に打ち明けたんだからね」

「人の家を覗く親友なんて、ありますか」

「でも、あいつも悩んだんだよ。エリートとして、そんな趣味があるってことが明るみに出たら、いくら何でもまずいし、といって黙っていれば、人が死ぬことになるかもしれないし」

「警部、それはどういう意味なんですか？」

「うん。――さっきの続きなんだ。あいつ――北山は、その後、部屋で少し仕事をして、それから寝る前に、コーヒーでも一杯と思って、ホテルのロビーへ下りて行った。深夜まで開いているコーヒーハウスがあるんだ」

「コーヒーの飲み過ぎは良くないよ」

と、大谷の母が批評を加えた。

深夜、ホテルのレストランやコーヒーハウスがどんなに混《こ》み合うものか、行ったことのない者には分かるまい。

普通の店が、もう閉っているというせいもあるだろうが、ともかく、みんな、こんな遅くまで、何をやってるんだろうと思うくらい、大勢の人間が食事をしたり、おしゃべりしたりしている。

それでも、何とか空いたテーブルについてコーヒーを飲んでいた北山は、ふと顔を上げて、びっくりした。

あの、マンションの女が、さっきの黒いドレス姿で、立っていたのだ。当惑顔で、空席を捜しているらしい。

「——良かったら、どうぞ」

と、北山は、向いの席を示して言った。

「すみません」

女は、礼を言って座った。——何だかおかしい、と思った。

女は、何か注文するでもなく、ぼんやりしている。心ここにあらず、という感じなのだ。

「——何か頼んであげましょうか」

と、北山は言った。

「え？——ああ、すみません、じゃ、コーヒーを」

女は頰《ほお》を赤く染めて言った。

北山がオーダーすると、ウエイターは同じ伝票につけて行った。

「あの——」

と呼び止めようとする女に、

「いいんですよ」

と、北山は肯いて見せた。「パーティの帰りですか」

「ええ……。といっても主人の代理で、退屈なものですわ」

「お泊りですか」

「ええ——いえ、この近くに住んでいます。で、帰り途《みち》にちょっと……」

女は、ちょっと言葉を切って、「あの——すみません、何時になります？」

と訊いた。

「午前二時半ですね」

「二時半……」

女は呟《つぶや》いた。「すみません、腕時計が壊れていて」

——何かを待っている。

北山はそういう印象を受けた。

コーヒーが来て、女はゆっくりとカップを手にしたが、およそ味など分からないという様子だった。

しかし、夜中の二時半に、一体何を待っているというのだろう？

「誰《だれ》かと、待ち合せですか」

と、北山は訊いてみた。

「え？　あ、いいえ、別に。ただ、ちょっと電話がかかることになっているものですから」

女は、言い訳がましく言って、「——すみません、何だか変なことばかり言って」

と、照れたように笑《え》みを浮かべた。

北山は、何となくホッとした。それほど、女の様子には、張りつめたものが感じられたのだ。

「――お泊りなんですか」

　と、女が訊いた。

「ええ、仕事でね」

「じゃ――奥様はお寂しいでしょうね」

　北山は、思いがけない言葉に驚いた。

　女がそんなことを言い出すとは、思ってもみなかったのである。

「いや、慣れてますよ」

　と、北山は言った。

「ご出張？」

「そうじゃありません。ただ、帰るとひどく遅くなるので、泊った方が楽なんです。家内も、夜中まで起きていなくて済むし」

「それはよくありませんわ」

「え？」

「どんなに遅くなっても、帰れるときは帰ってあげるべきです。奥様だって、一人ぼっちでいるよりは、眠くても、起きて待っている方が、ずっといいと思いますわ」

　女の真剣な口調に、北山は、ちょっとびっくりした。女はハッとしたように、

「すみません、出すぎたことを言ってしまって」

と頭を下げた。

「いや、おっしゃる通りかもしれません」

と、北山は言った。「あなたのご主人は、何をしてらっしゃるんです？」

「まあ……別に大した仕事は――」

と、女が言いかけたとき、ウエイターの一人が、店の中を、

「土方《ひじかた》洋子様。土方洋子様はいらっしゃいますか」

と呼びながら歩いて来た。

女が腰を浮かした。

「――土方洋子様ですね」

「私です」

「ご主人様からお電話が入っております」

女が、急に青ざめた。

「主人からですって？」

「はい、ご主人様から――」

北山はびっくりした。女が、その場に、崩れるように倒れてしまったのである。

「——つまり北山の考えでは、こうなんだ」

と、大谷は言った。「土方洋子には、若い恋人がいる。金目当てに、土方という老人と結婚したものの、自然に死ぬのを待っているつもりはない。そこで、恋人を使って、老人を殺させようとした……」

「その恋人からの電話を、待っていた、というわけですね」

と、弓江が肯く。「ところが、電話は、夫からだった」

「計画が失敗したと知って、ショックで気を失った、ということだ」

「それは違ってるね」

と、大谷の母は言った。「最初から、夫を殺すつもりでいた女なら、そんなことで失神したりしないよ」

「うん。しかし北山としては——」

大谷が言いかけたとき、ドアをノックする音がして、部下の刑事が顔を出した。

「あ、警部、お邪魔してすみません」

大谷の母が、すかさず、

「本当よ。引っ込んでなさい」

「いいんだ。どうかしたのか？」

大谷があわてて言った。

「殺人事件です。すぐ出向いていただきたい、と――」

「食事中なのよ。後にしなさい」

「すぐ行く。車を回しといてくれ」

大谷は立ち上がった。「場所は？」

「これです」

メモを受け取った大谷は、目をやって、ちょっと面食らった様子で、

「こいつは大変だ！」

と言った。

「どうしたんですか？」

と弓江が立ち上がりながら訊く。

「今、話していたマンションだよ。しかも、殺されたのが――土方洋子」

「奥さんが？」

「努ちゃん」

と、大谷の母が、厳しい口調で言った。「もっとよくかんで食べなさい！　消化不

良を起こします！」

2

「私はこの通りの体でね」

と、土方拓也《たくや》は言った。

車椅子に座っているが、なかなか堂々とした印象を与える。

病気で倒れて、七年前に隠退したということだが、それまでは、かなりの大物だったというのも肯けた。

「——奥さんとは同じ部屋で寝ておられたんですね？」

と、大谷は訊いた。

「もちろん、いくら年齢は離れていても夫婦ですからな」

「で、夜中に、奥さんが起き出した、と——」

「私は眠りが浅い。昔からそうでね」

と、土方は言って、胸の前で、両手を組んだ。「妻がそっと寝室を出て行くのを、見ていた」

「何時ごろでした？」

「さあ。――たぶん二時か三時だろう」

「なるほど、声はかけられなかったのですか？」

「別に」

と、土方は首を振った。「うちは、普通の勤め人の家庭とは、生活のパターンが違う。夜中に起き出して本を読んでも、別にかまわんからね」

「で、その後、あなたはまたおやすみになったんですか」

「その通り。――朝、目を覚ましたが、洋子がいない。枕《まくら》もとのベルを鳴らしたが、やって来ないのでね」

「それで気になって、管理室を呼ばれたわけですね」

「うん。いつもポケットに、ボタンを持っているのだ。このマンションの一階に直接通じるようになっている」

「それで、管理人がやって来て、奥さんを発見したわけですね」

「そういうことだ」

土方は、無表情だった。妻を殺されたにしては、素気《そっけ》ないようにも思えたが、内心はどうなのか、測りがたいところだ。

弓江は、居間の中央に、仰向《あおむ》けに倒れている、土方洋子を見下ろした。

ネグリジェは薄くて、ほとんど透き通っている。とても弓江には着られない類《たぐい》のものだった。

洋子は首を絞められていた。首に巻きついているのは、カーテンをとめる紐《ひも》で、両端に房がついている。

「——若い女房だな」

検死官の有本が、いつの間にか、弓江の後ろに立っていた。

「殺されたのは、確かにここですか？」

と、弓江が訊く。

「うん。間違いない」

「じゃ、あのご主人に殺せたはずはありませんね」

有本は、ニヤリとして、

「あんたも、可愛い顔に似ず、なかなかきびしいね」

と言った。「まず、無理だね。ここで殺しても、ベッドまで一人で戻ることができないさ」

「殺す力はあると思いますか？」

「ある。――あの老人の腕を見なさい。逞《たくま》しいよ。足の不自由な人間は、どうしても上半身が発達するものだ」

弓江は、ちょっと考えていたが、

「もう一つ、いいですか？」

「当ててみようか。あの、足の悪いのは本当か、というんだろう」

「当たり」

と、弓江は笑った。

「本当だ。ちゃんと、本人が、調べてくれと言い出したよ」

「本人が？」

「そうなんだ。疑われては面白くないと思ったんだろう。私が診《み》たが、とても歩くことはできないな」

では、まず土方が妻を殺したのでないことは、はっきりしている。管理人が、合鍵《あいかぎ》でドアを開けて入って来たとき、土方はベッドに寝たままだったのだ。

「でも、車椅子を動かせるんですよ」

「ベッドの所まで行って、寝ることはできる。しかし、車椅子を片付けることはできんよ」

「そうか……」

弓江は肯いた。

「金持の老人に若い女房。——よくある図式だな」

と、有本は言った。

そこへ、大谷がやって来た。

「——あの土方が嘘をついているとは思えないな。やっぱり、この女の男関係を洗うことだ」

「でも——こんな所に、恋人がやって来たというんですか?」

「それもおかしいな。会うなら外だろう」

「どうして、この居間で、奥さんが殺されたのか、そこが問題ですよ」

と弓江が言った。

そこへ、地元署の刑事がやって来て、

「誰だか、男が来てますが」

と言った。

「男?」

「大谷警部に、と」

玄関へ出て、大谷はびっくりした。

「北山じゃないか。どうしたんだ？」

「いや——彼女が殺されたって聞いてね」

北山は、ひどくそわそわしている。

「うん、そうなんだ。しかし……お前、どうして知ってる？」

「それが——」

と、北山は詰った。

「こちらが、警部のお友だちですか」

弓江が出て来て言った。

「うん。——おい、北山、ともかく話を聞かせてくれ」

「実は……」

北山は言い淀《よど》んだ。

「警部、ちょっとお二人で外へ出られてはいかがですか？」

と弓江が気を利かす。

「いや、それには及ばない」

と、北山が息をついて、「実は、ゆうべ、彼女と一緒だったんだ」

と言った。

「──つまり、お前があのホテルにいると知ってて、訪ねて来たんだな?」

と、大谷は言った。

土方のマンションの一室である。まだ、現場の方は落ちつかなかった。

「そうなんだ」

「つまり、浮気なさったわけですね」

と、弓江は言った。

「申し訳ない」

「私に謝らないで下さい」

と、弓江は苦笑した。

「しかし──ともかく、彼女は追いつめられていたんだ」

「どういうことなんだ。それは?」

「僕は全く誤解してた」

と、北山は、少し気を取り直して、言った。「彼女が、金目当てに、あの老人をうまく操っているのかと思ってたが、事実は逆だったんだ」

「逆？」

「つまり、あの老人の方が、彼女を縛りつけていた、ということなんだ」

「何か弱味でも握ってたんですか」

と、弓江は訊いた。

「その通り」

北山が肯く。「彼女には弟がいる。それがぐれていて、手がつけられないらしいんだ。老人は、その弟のことを、調べ上げていた」

「何かやったのか？」

「うん。どうも、彼女が前に働いていた家の物を、弟が盗んでいたらしい。老人は、それをネタに彼女を脅して、結婚してしまった」

「なるほど」

「彼女にしてみれば、たまらなかったらしい。いつも老人に監視されているようなものだからな」

「すると、お前と出会ったときは？」

「彼女には恋人がいたんだ」

と、北山は言った。「その男が、あのとき、一人で老人を訪ねて行って、話をすることになっていた。——最悪の場合は殺してでも、という気持だったらしい」

「その電話を待っていたんですね」

と、弓江が言った。

「ところが、かかって来たのは、夫からだった。彼女は、恋人が殺されたのかと思って、気を失ったんだよ」

「だが、実際には——」

「ひどい話さ」

と、北山は首を振った。「その男は、老人に、小切手を見せられて、彼女と別れると約束しちまったんだ」

「なるほど……」

「彼女にそれが分かったのが、昨日のことだった。——それで、たまらなくなって、もしかしたら僕がホテルにいるかもしれないと思い付いたんだな」

大谷は肯いて、

「彼女がお前の所へ行ったのは?」

「時間かい?　十二時ごろかな」

土方の話では、洋子がベッドを出たのは、二時か三時ということだったが……。

いずれにしても真夜中のことだ。そう正確な記憶ではあるまいが……。

「帰ったのは？」

「一時か二時か……。はっきりしないがね」

「なるほど。——で、お前、どうして彼女が殺されたと知ったんだ？」

「昼ごろ起きて、マンションの前に、パトカーがいるのを見たんだ。心配になって来てみると、下の管理人が……」

北山は、少し間を置いて、「犯人を見付けてくれ。彼女が可哀《かわい》そうだよ」

と言った。

「ああ、もちろんだ」

大谷は力強く肯いた。

——北山が帰って行くと、弓江が言った。

「あの人も、うまく騙《だま》されたのかもしれませんね」

「そうだな。すっかり、女の話を真に受けてるが……」

「——どうします？」

大谷は、渋い顔で、

「土方洋子の恋人だったという男、それから、弟。この二人を当たってくれ。それに

「──」

「はい」

「北山のこともだ」

大谷は、言いにくそうに言った。

3

土方洋子の恋人は、尾田といった。

セールスマンである。いかにも愛想はいいが、内心、何を考えているか分からない、というタイプだ。

会社を訪ねた弓江にも、にこやかに応対していたが、用件を知ると、急に別人になったように、表情を変えた。

「──ええ、彼女とは付き合っていましたよ」

「恋人だった、と言ってもいいですね」

と弓江が言うと、尾田は、すっきりしない顔で、

「そりゃまあ、言って言えないこともありませんけどね」

「彼女のことで、夫の土方さんと会いましたね」

「ええ」

急に無口になる。

弓江がどこまで知っているか、分からないので、慎重になったのだろう。

「どんな風でした。話し合いは？」

「さあ……。どういうこともありませんでした」

「そんな！――だって、何かお話はなさったんでしょ？」

「ええ。まあ――世間話ですよ。あれはなかなか大した人ですから」

「土方さんのことですか？」

「ええ。大物ですよ。話も面白いし、仕事のことなんかも、色々ね」

弓江は呆《あき》れて、

「恋人のことを話しに行って、仕事のことばっかりしゃべってたんですか？」

と言った。

「いけませんか」

と、開き直って来る。「いずれにしても、洋子はもう結婚してしまったんです。僕がいちいち口を出しても、どうにもなりませんよ。そうでしょう？」

「じゃ、なぜ行ったんです?」

尾田は肩をすくめて、

「彼女がうるさかったからです。行って、別れるように頼んでくれ、って。——正直、もううんざりしてたんですが、結局、形だけでも、行かないわけにいかなくてね」

弓江は頭に来た。——これが、殺された恋人について、言うことか！

「お金はどういう意味で受け取ったんです?」

尾田はギクリとした。

「お金って?」

「土方さんは、あなたに金を払ったと言いましたよ」

これはでたらめである。

しかし、尾田は真に受けて、

「そう。そうでしたね。あれは——まあ、慰謝料というか——」

「あなたに?」

「こっちは恋人をとられたわけですからね。その代償というか……」

「恋人をお金で売ったわけですね」

「人聞きが悪いな、それは」

と尾田は笑った。

弓江は胸が悪くなった。

「彼女が殺されたとき、どこにいました?」

「僕が、ですか?——聞いてどうするんです?」

「アリバイですよ。どこにいました?」

「冗談じゃないですよ。ちゃんとアパートで寝てました」

「一人じゃ、証人はいませんね」

「いや……」

「一人じゃなかったんですか?」

「近所の奥さんが一緒でした」

と、尾田は澄まして言った。

「奥さん?」

「旦那《だんな》が出張で、もう何カ月もいないんです。で、苛々するというんで……。人助けですよ、言うなれば」

と、尾田は笑った。

「――射殺してやりたかったですわ」

と、弓江は言った。

「全くだね」

大谷は首を振った。「僕なら、ぶん殴っていただろうな」

――二人は車で、原宿の辺りを走っていた。

夜、もうかなり遅いが、若者たちが大勢出歩いている。

「何を考えてるのかしら、この子たち」

と、弓江は言った。

「さあね」

ハンドルを握った大谷は、そっと息をついた。「――青春が、ただぶらつくことじゃ、寂しいね」

「学ぶことがいくらでもありそうなのに」

弓江はそう言って、ふっと笑った。

「何がおかしいんだい？」

「私も、もう若くないのかな、って思ったんです」

「若いとも。――ここにいる連中より、ずっと若いさ」

弓江は、何となく慰められた思いだった。

尾田に会って、いい加減、惨《みじ》めな気分になっていたのだ……。

「あの店だな」

と、大谷は言って、車を寄せた。

外へ出ると、

「おい！」

と、声をかけて来た者がある。

警官だった。

「ここは駐車禁止だ！」

大谷は証明書を見せた。警官がびっくりして、

「失礼いたしました！」

と敬礼する。

「いいよ。しかし、誰にでもあんな風に怒鳴りつけるのはやめたまえ。君は公僕なんだからね」

「は、はい！」

車の無線が鳴った。弓江が出ると、

「努ちゃん、いる?」

と大谷の母の声。「今夜、お夜食は用意しとこうか?」

「ううん、いいよママ、今夜は」

――これがなきゃ、カッコいいんだけどね! 弓江はため息をついた。

――二人は、ディスコの一軒に入った。

ちょうど音楽が一曲終って、ザワついている。凄《すご》い熱気で、たちまち汗が出て来る。

大谷はカウンターの方へ行って、

「丈二って子はいるかい?」

と声をかけた。

「丈二? さあ、今夜は見かけないね」

「どこに住んでる?」

「知らねえよ。こっちは忙しいんだ」

弓江が手帳を覗かせると、ガラリと態度が変わった。

「――こりゃどうも。丈二のアパートは、このすぐ裏です」

「ここで働いてるのかい?」

「いいえ! ここで、仕事を捜してんですよ」

「こんな所に求人に来るの？」

男は、ちょっと笑って、

「男を漁《あさ》りに、中年のおばさんたちが来るんです。それについて行って、小づかいをもらってるんですよ」

——弓江は、また憂鬱《ゆううつ》になってしまった……。


アパートはすぐに分かった。

真木丈二。——これが、殺された洋子の弟の名である。

「ここか」

と、ドアの前で、大谷は足を止めた。「一応、表札が出てる」

「警部」

「何だい？」

「私が殴りそうになったら、止めて下さいね」

大谷は肯いて、

「心配するな。僕が先に殴る」

と言ってから、ドアをノックした。

しばらくして、ドアの中から、

「どなた?」

と、女の声。

「真木丈二君いますか」

と大谷が言った。「警察の者です」

ドアが開く。——立っていたのは、どことなくおどおどした様子の、若い娘だった。

若いといっても——幼いという方が正確かもしれない。

どう見ても、十六、七だ。しかも、お腹《なか》が大きい。たぶん七、八カ月だろう。

「丈二君は?」

「いませんけど……」

と、その娘は、怯《おび》えたような目で、大谷を見上げた。「あの——どんなことですか?」

「君は?」

「丈二さんの……家内です」

「結婚してるわけじゃないんだろ?」

「でも——将来、ちゃんとします」

「ふむ」

大谷はため息をついた。「どこへ行ったか分からない？」

「さあ……。でも、朝方には帰って来ると思います」

「彼の姉《ねえ》さんが殺された。知ってるのかな、丈二君は？」

「ええ。新聞で見てびっくりしてました」

「それなのに、顔も出さないなんて！」

と、弓江が言った。

「丈二さん――とても悲しんでました。でも、仕事が……」

「中年女性のお相手ね。立派なもんだわ」

弓江がそう言うと、娘が急に大粒の涙を流し始めた。

「そんなこと……。仕方ないじゃありませんか！　彼、この子が生まれるまでに、何とかして、もっといいアパートに移るんだって……。でも、そんなにお金になる仕事なんてないんです！　他に……仕方なかったんです！」

「分かったよ。泣かないで」

大谷は、娘の肩を叩いた。

娘は、その場にしゃがみ込んで、しゃくり上げながら、

「私――子供ができたときに、おろしてもいい、って言ったんです。でも、丈二さん、凄《すご》く怒って……そんなこと体に悪い。俺《おれ》は、ちゃんと責任取るから、生めって……。私のことなんて、ろくに知りもしなかったのに……」

弓江は、娘の泣き顔をじっと見ていたが、やがて、かがみ込むと、

「ごめんなさい」

と言った。「早まったこと言っちゃった。――元気な子を生んでね」

娘が顔を上げて、泣き笑いの表情になった……。

――車の方へ戻りながら、弓江は言った。

「少し、気分が良くなりました」

「そうだな」

「でも――やっぱり、ちゃんとした仕事についてほしいですね」

「うん。僕がどこか世話してやろう」

「優しいんですね！」

弓江は、大谷の腕を取った。

車へ着くと、無線が呼んでいた。

「――大谷だ。どうした？」

「土方拓也が殺されました」

大谷と弓江は顔を見合わせた。

4

土方老人は、居間に倒れていた。

洋子と同じように。

「背中を刺されている」

と、有本検死官が言った。「ほとんど即死だな」

大谷はため息をついた。

洋子がいないので、老人の面倒は、雇われた中年の女がみていた。しかし、眠っていて、何も知らない、ということだった。

「手洗いに立って、発見した、ということですわ」

弓江は言った。「――一体誰がやったんでしょう?」

「うむ……。尾田じゃあるまい」

「あの人、そんな度胸はありませんよ」

「すると、丈二かな。それとも、北山か」

「お友だちですよ」

「仕方ないさ。こっちは疑うのが仕事だからな」

「凶器はナイフ。――こんなもの、持ち歩いていますか?」

「うむ。妙だな」

「ともかく、二人のアリバイを当たってみましょうか」

「うん。そうしてくれ」

と、大谷は肯いた。

弓江は、手が汚れたので、バスルームへ入って、手を洗った。

ついでに、さっきのディスコで汗ばんだ顔も洗おうと、洗面台に水をため、かがみ込んだが……。

水の中に、男の顔があった。

「キャッ!」

と飛び上がる。

とたんに、バスルームの天井に、カーテンレールに足を引っかけて、はりついていた男が、落っこちて来た。

何しろ狭いバスルームである。男は、弓江の上に、もろに落下した。

ギュウ、と下敷きになって、弓江は目を回したのだった……。

——真木丈二は、シュンとうなだれて、

「すみません」

と言った。「痛かったですか？」

「ええ……。まあね」

弓江は、まだクラクラする頭を振った。

「何をしてたんだね。あんな所で？」

と、大谷は訊いた。

「隠れてたんです」

「どうして？」

「あの——会いに来たんです、あの人に」

「土方に？」

「そうです。姉さんが殺されちゃって……。ともかく話をしたかったんです」

「それは分かるが、どうしてこんな夜中に？」

「まだ早いですよ」

大谷は苦笑した。

「世間一般では、遅いというんだよ。——それで、会ったのか？」

「いいえ、死んでたんです」

「中へ入ったのは？」

「約束してたんです。前もって、ちゃんと電話して」

「もう刺し殺された後だった、というんだね？」

「そうです」

「君が刺したんじゃないのか？」

「違いますよ！」

と、丈二は、むきになって言った。

「しかし、恨んでたろう」

「姉さん……あの男から逃げ出したがってましたから」

「土方から？」

「そうです」

「当人がそう言ったのかね？」

「ええ。アパートへ来て……」

「訪ねて来たの？」

と、弓江が言った。

「そうです。彼女に会って、話をして……。黙って、お金を置いて行ってくれました」

丈二は、ため息をついた。「姉さんがどうして殺されたのか、分からないんです」

「全くだね。――ところで、君がここに入って来るとき、誰か、怪しい奴《やつ》を見かけなかったかい？」

「いいえ」

「それじゃ、なぜあんな所に隠れたんだ？」

「死んでるのを見て、びっくりして突っ立ってたんです。そしたら……女の人が起き出して来て。何だか分かんないけど、あわててあそこへ逃げ込んだんです。見付かっちゃまずいと思って」

「ずっとああやってるの、大変だったでしょ？」

と、弓江が言った。

「ええ。もう、疲れちゃって、落っこちそうだったんです。だから、あなたが声をあげたショックで――」

「こっちの方が、よっぽどショックよ」

と、弓江は渋い顔で言った。

「すみません」

丈二が頭をかく。「でも、おかげで、クッションがあって、助かりました」

弓江は苦笑した。——何となく、憎めない男である。

弓江と大谷は、寝室の方へ入って行った。

「——あの丈二って子がやったんでしょうか?」

「分からんな。印象ではシロだと思うが……」

「私もです」

「そうなると、北山か尾田か……」

大谷が考え込んでいると、

「大谷警部、お電話です」

と、刑事が顔を出す。

居間で電話に出ると、

「大谷か?　北山だ」

「北山!　どうして、ここに俺がいると分かった?」

「ホテルの窓から見てるんだ」

「おい、お前まだこりないのか？」

「それより、外だ」

「外？」

「うん。ここからよく見える。外に男がいるんだ」

「何だって？」

大谷は表のベランダの方へ、目をやった。

「——何も見えないぞ」

「隣のベランダにいる。移って行ったんだ。たぶん、非常階段から逃げる気なんだ」

「よし、分かった」

大谷は電話を切った。「香月君！　ベランダだ！」

二人はベランダへ出た。

「明りを持って来い！」

刑事があわてて、懐中電灯を持って来た。

光の輪が、隣のベランダを照らす。

「あそこに！」

と、弓江が叫んだ。

革ジャンパーの男が、隣のベランダから、その先の非常階段へと飛び移るところだった。

「待て！」

と、大谷は叫んだが、男は、もう非常階段へ取りついて、駆け降りて行く。

光が弱くて、男が誰なのか、分からなかった。

「下へ回れ！　追うんだ」

と、大谷は言った。

ベランダから、部屋の中を駆け抜けて、廊下へ出る。

しかし、いくら大谷たちが、階段を駆け降りても、かなり差をつけられてしまっているのだ。

「早く早く！」

と互いにせかせながら、一階へやっと着いた。

表に飛び出した大谷は、オートバイが走り去るのを目に止めた。

「あいつだ！　追いかけろ！」

と、車に向かって走る。

弓江も辛《かろ》うじて中へ飛び込み、オートバイを追って走り出した。

「よし！　もう逃がさないぞ」

と、大谷は息を弾ませながら、ハンドルを握りしめる。

「警部――」

と、弓江が目を丸くした。

急ブレーキを踏む。

車体がスリップして、真横を向いた。停《とま》った。

向うは道をよく知っているのだ。オートバイは、車の入れない、狭い道へと入って行ったのである。

「畜生！」

大谷が悔しがる。と、そのとき――。

エンジンの音が、バタバタと聞こえたと思うと、大谷たちの車のわきをすり抜けて行ったのは……。

「お母様ですよ！」

と、弓江が言った。

大谷の母が、ミニバイクで、その細い道へ入って行ったのである。

「追いかけろ！」

大谷は、やっと我に返ると、その後を追って駆け出した。

弓江も、もちろん後を追う。

しかし、いくら頑張ってみても、足では追いつけないのは当り前だ。

しばらく走って、二人は足を止めた。

「——どこへ行ったんだ！」

「さあ。——お母様、大丈夫でしょうか？」

「ミニバイクだぞ。オートバイに追いつけるわけがない」

大谷は、顔の汗を拭《ぬぐ》って、肩で息をついている。

「どこにいらっしゃるんでしょうね」

と弓江は見回したが……。

「——警部！」

と声を上げた。

「どうした！」

「ほら！——お母様のバイクですよ、あれ！」

なるほど、バタバタという音が近付いて来る。

「ママ！　無茶をしちゃ、だめじゃないか！」

と大谷は駆けて行って――唖然《あぜん》とした。

大谷の母が、後ろに誰かを乗せて、ミニバイクでやって来た。

「さあ、捕まえたよ」

と、バイクを停めて、「ちょっと意見してやったら、おとなしくなってね」

「殺されそうだったんだ、畜生！」

ヘナヘナとそこに座り込んだ革ジャンパーの男。

「――まあ！」

と、弓江は目を見張った。

それは、あのセールスマン、尾田だったのだ。

「――尾田は、土方に雇われていたんだ」

と、大谷が言った。

北山は肯いた。

「土方は、洋子に近づく男、みんなに嫉妬《しっと》してたんだな」

「そう。――殺してでも、彼女を独占しておきたかった」

ホテルのロビーである。

普通の日の昼間だが、人は大勢出ていた。

「もっと早く気付くべきでしたね」

と、弓江が言った。「土方みたいな人は、何の理由もなく、お金を出したりしませんもの」

「そうなんだ。尾田を一目で、金でどうにでもなる男と見抜いて、彼女に男がいるかどうか、調べさせた」

「そして――僕のことを知った」

と、北山がため息をつく。「彼女が殺されたのは、僕のせいなのか!」

「遠からず、同じことになりましたよ」

と、弓江が言った。「土方自身が、洋子さんを絞め殺し、尾田が、土方をベッドへ連れて行って、車椅子を片づけたんです」

「ところが、尾田がもっと欲を出してしまったんだ」

と、大谷は言った。「もっと金をくれ、とね。だが、土方はそう甘くない」

「逆に、ののしられたんです。しかも、洋子を殺したのは尾田だと告発してやる、と言って――」

「ただのおどしだったんだろうが、尾田は震え上がった。怖さの余り、夢中で、土方を刺してしまったんだ」

北山は、沈んだ面持ちで、

「気が重いよ」

と言った。

「お前の気持は分かる。しかし、もう済んでしまったことだよ」

「そうですよ」

と、弓江も肯いて、「今、北山さんが心配しなきゃならないのは、奥様のことじゃありません？」

北山は、ゆっくりと肯いた。

「そうだ。――いや、その通り。これからは、真直《まっす》ぐ家に帰るよ」

「それがいいですね」

と弓江は微笑《ほほえ》みながら言った。

北山が立ち去ると、大谷の母が急ぎ足でやって来た。

「ここだったの。捜しちゃったわ！」

「ママ、どうしたの？」

「ケーキをね、焼いたから、持って来たのよ」

「ママ！」

大谷はあわてて、

「ここは、ケーキも置いてるんだよ」

「いいじゃないの。食べ比べてごらん。ママの作ったケーキの方が絶対においしいんだから！」

大谷は諦《あきら》めた。ウエイトレスをつかまえて、

「ちょっと、お皿とフォーク」

と、やっている母親から、目をそらした。

「——殺された女の人の弟ってのは、どうなったの？」

と、大谷の母は訊いた。

「警部の紹介で、勤め口が決まったんです」

「そう。良かったわね。——さすがに私の息子だよ」

「ところで、お母様」

弓江は身を乗り出して、「尾田を、どうやって捕まえたんですの？」

と訊いた。

「あれは、向うが勝手に転んだのよ」

と、大谷の母は言った。「――どう、努ちゃん、ケーキの味は?」

「うん……。旨《うま》いよ」

大谷が、冷汗を拭いながら言った。

「転んだ?」

「そう。まさか、あんな細い道で、追いかけられると思わなかったんでしょ。後ろを振り向いたのよ。その拍子に、デーンとひっくり返って」

「そうでしたの」

「あんな下手なのに、免許をやるなんて、どうかしてるよ」

と、大谷の母は言った。

「でも、それでおとなしくなったんですか?」

「ちょっと、おどかしてやったのよ」

「どうやって?」

「簡単よ」

と、大谷の母はニッコリ笑った。「股《また》ぐらを、けり上げてやったの」

弓江がポッと頬を染めた。

通り魔に明日はない

1

その日、酔って帰ったのが、ある意味で、久米《くめ》安夫の運命を決めることになった。

その日まで、久米は別に、どことといって変わったところのない、二十八歳のサラリーマンだったのである。

二十八歳で独身だったからといって、女嫌いというわけでもなく、ただ独り暮しの気楽さを諦《あきら》めてもいいと思うような女性に出くわさなかっただけなのだ。

さして大きくもない会社の経理を担当する久米は、将来の出世を約束された男でもなく、本人にも「野心」という時代遅れの情熱は無縁だった。

特に二枚目でもなく、特にもてもせず、といって、特に女性から敬遠されるというわけではない。——ほとんど「ない」で出来上がっているような男だった。

この夜、十二時を回って、終電車で帰路についた久米が、不思議な習性で、ちゃんと降りるべき駅で降りたのは、十二時半のことだった。

本来、あまりアルコールに強い方ではなかったが、この日は、決算期を迎えての、連日の残業がやっと終わり、課長が、部下たちを、ねぎらう意味で、おごってくれたのである。

久米も、これを断わるほど無欲な人間ではなかった。かくて、いささか危い足取りで、駅から、アパートまでの道を辿《たど》ることとなったのだ。

朝なら、大あわてで、十分ほどの道のりだが、帰りは十五分——いや、この足取りでは、二十五分はかかるに違いない。

「あーあ」

と大きく伸びをする。

まだ、この時間では風も冷たい季節だ。いくらか、酔いもさめつつあった。

ともかく、寂しい道だった。駅の近くの開発がひどく遅れていて、野原や雑木林の中を抜けて行かなくてはならない。

ろくに街灯もない、暗い道で、あちこちに、〈痴漢に注意〉といった貼《は》り紙がある。

しかし、実際に女一人でここを通らなきゃいけなくなったとき、あんな貼り紙に何の意味があるだろう？

実際、このところ、続けて三件も、この道で通り魔事件があった。つい、一カ月ほどの間だ。

狙《ねら》われたのは若い女性ばかりで、二人は重傷、一人は軽傷を負っていた。

犯人は、カミソリのような刃物で、いきなり女に切りつけていて、三人とも、相手をほとんどまともに見てはいなかったので、目下、犯人逮捕の手がかりはないようだ。

「女でなくてよかったよ」

と、ブラブラ歩きながら、久米は呟《つぶや》いた。

三つの事件の後、さすがにみんな用心するようになったせいか、このところ、事件は起きていないが……。

ともかく、警察も、かなり焦っているのは事実のようだった。しかし、あまりパトロールなどをふやすと、今度は犯人が全く姿を現わさなくなり、逮捕がむずかしくなるというジレンマに陥っているようだった。

まあともかく、早く捕まえてほしいもんだ、と、久米は呑気《のんき》に考えていた。

一番寂しい辺りに来たところで、久米は、背後から近づいてくる足音に気付いた。

といっても、忍び寄って来るとか、そんなものでなく、コツ、コツ、と、はっきりした足音だ。

女かな、と思った。ハイヒールのような歩き方だ。

久米は、振り向いた。――女だ。

暗くて、よくは分からないが、仕事帰りなのだろう、きちっとスーツを着こなして、規則正しい歩き方でやって来る。

物騒だなあ、全く、と久米は思った。

その女が、数少ない街灯の一つの下を通った。

見たところ二十五、六というところか。

なかなか、きりっとした、メリハリのきいた美人である。

こりゃまあ、狙って下さいと言わんばかりだな。やれやれ。世の中にゃ、呑気な女もいたもんだ。

久米は、相変わらず、ゆっくりと歩いていた。女の方は、割に早い足取りなので、もうすぐ追い越して行く気配だった。

もちろん、酔っていたせいだろうが、久米は、ちょっといたずらしてやろうかと思い付いた。

なに、別にどうするわけじゃない。ちょいとおどかしてやるだけ……。

久米は足取りを緩めた。女が、どんどん近づいて来て、スッとわきを追い越して行く。

久米は、その女の背中へと、両手をのばした。

「おい！　待ちな！」

と、ぐいと肩をつかむ。

とたんに——何がどうなったのか、よく分からなかった。

アッという間もなく、天と地が逆さになり、どうなったんだ？——と思う間もなく、地面に押えつけられていた。

「お、おい——」

「おとなしくしなさい！」

女の声が耳を打ったと思うと、久米は手首に、ガチャリと音がして、冷たいものがはまるのを感じた。

やっと分かった。久米は真青《まっさお》になった。

婦人警官だったのだ！

「警察です」

と女が言った。「立ちなさい！」

久米は、ソロソロと立ち上がった。両手は後ろに回されて、手錠をかけられている。

「あ、あの……」

「武器は？」

「とんでもない——ねえ、聞いて下さい！　ほんの冗談だったんだ！　ただ、ちょっとおどかしてやろうと……。酔ってたから。——本当ですよ！」

「話は署で聞きます」

「そんな！　頼むから、見逃してくれ！　こんなことが分かったら、会社もクビになる。お願いです！」

久米も必死である。その場に正座すると、頭を地面にぶつけるようにして、

「もう二度としないから！　こんなことはもう決して——。見逃してくれ！　お願いだ！」

とくり返した。

しばらく、返事がなかった。

「——顔を上げて」

と、婦人警官が言った。

久米は、ゴクリとツバを呑《の》み込んで、恐る恐る顔を上げた。

小さなペンライトの光が、久米の青ざめた顔を照らし出した。

少しして、婦人警官が、笑った。

「いいわ。あなたを信じましょう」

「あ、ありがたい！」

久米は、もう一度、頭を下げた。

「さあ立って。——手錠を外すわ」

久米は、もちろん、すっかり酔いもさめて、手錠を外されると、やっと生き返った気分だった。

「本当にどうも……」

「時期が時期ですよ。悪いいたずらはやめて下さい」

「申し訳ありません」

久米は、自分が半分ぐらいにまで小さくなったような気がした。

「じゃ、行っていいですよ」

婦人警官は言った。

「どうも——」

もう一度頭を下げると、久米は、婦人警官の顔を見た。笑顔があった。

「今度やったら、逮捕ですよ」

と、彼女は言った。

「もう決して！」

と、久米は言った。「それじゃ――」

久米は、二、三歩行って、足を止めると、ちょっと振り向き、

「気を付けて」

と一言、後は、逃げるような足取りで、歩いて行った……。

2

「ひどいなあ」

昼食をとりながら、新聞を広げていた大谷努は言った。

「あら、何が？」

と、大谷の母が聞きとがめて、「私の作ったものが、そんなにひどい味なの？」

「違うよ、ママ」

と、大谷は、あわてて言った。「ママのお弁当はいつだって最高に決まってるじゃないか！」

「そうかい？」

大谷の母は、それでもあまり面白くなさそうに、「お前はきっと、弓江さんにお弁当を作ってほしいんだろうね」

と、チラリと弓江の方を見ながら言った。

「あら、とんでもありませんわ」

と、香月弓江は言った。「私なんか、お母様のようなお弁当、一生かかったって、作れませんもの」

「まあ、分かってりゃいいわよ」

と大谷の母は言った。

大谷努。――警視庁捜査一課警部。香月弓江はその部下である。

普通ならこの二人で一組なのだが、ここはもう一人、くっついているのがユニークだった。

三人は、レストランで昼食をとっていた。しかし、大谷だけは、周囲の好奇の目に堪えつつ、「ママ」の手作り弁当を食べさせられているのである。

「——で、ひどいって、何のことですの?」

と、弓江が訊《き》いた。

「この通り魔さ。囮《おとり》捜査をしていた婦人警官までが、やられた」

「まあ、気の毒に」

「鋭利な刃物で胸を刺されて重体だってさ。——何て奴《やつ》だ! この手で引っ捕えてやりたいよ」

「努ちゃんに、万一のことがあったら、日本の警察はおしまいよ」

と、大谷の母がオーバーなことを言い出した。

「それに犯人は女性しか狙ってないんでしょう?」

「そう。だから、弓江さん、あなたが今度は囮になったら?」

「ママ!」

と、大谷は母をにらんだ。

すると——いきなり誰かが大谷たちのテーブルの方へと駆け寄って来た。

「お願いします!」

と言ったのは、若い男だった。

「何だい、君は?」

と大谷は呆気《あっけ》に取られて、言った。

「久米といいます。僕を刑事にして下さい！　パートでもいいです！」

大谷と弓江は顔を見合わせた。

別に気が狂っているようにも見えない。ごく当り前のサラリーマンの格好をしている。

しかし、どう見ても本気らしいのは、こわばるくらいに緊張した顔を見ても、よく分かった。

「あのね、君……」

と大谷は言った。「どういうつもりか知らないけど、刑事をパートでやるってわけにはいかないんだよ」

「じゃ、アルバイトでもいいです」

「無茶言うなよ！――まあ、座って」

「すみません」

久米という男は、少し落ちついた様子で、息をつきながら、大谷たちのテーブルについた。

「それで――」

と、弓江が言った。「どうしてそんなことを言い出したの?」

「その記事です」

「通り魔の?」

「ええ。今、それを読んでいて、ショックを受けて……。そこへ、あなた方の話が聞こえたものですから、つい——」

「正義感の強い方なのね」

と、大谷の母が感心した様子で言った。「弓江さん、こういう人と結婚したら、きっと幸福になれるわよ」

「それだけじゃないだろ」

大谷があわてて言った。「君はこの——丸山佳子《けいこ》っていう婦人警官を知ってるの?」

「はい」

と、久米は肯《うなず》いた。「ゆうべ、初めて会ったんです」

「ゆうべ?」

「ええ。実は——」

久米の話を聞いて、大谷はゆっくりと肯いた。

「なるほどね。で、君としては、彼女に恩義を感じてるわけだ」

「そうです。――いや、それだけじゃありません」

「というと？」

「あの人の笑顔に、心を打たれたんです。何てすてきな笑顔だろう、と思ったんです。その人が――刺されて重傷を負うなんて許せない！　この手で犯人を絞め殺してやらなくては――」

「落ちつきなさい」

と、大谷は言った。

「すみません……」

久米は額の汗を拭《ぬぐ》った。「ついカッとなって」

「いくら犯人が憎いからってね、殺すわけにはいかないんだよ。君の気持は分からないでもないが、捜査は警察に任せておきたまえ」

「はあ。――でも、臨時に雇っていただくわけにはいきませんか？」

「無茶言うなよ」

大谷も、怒るより苦笑している。そこへ、ポケットベルが鳴り出した。

大谷が席を立つと、弓江は微笑《ほほえ》んで、

「あなたって、純情な方ですね」

と、久米に言った。

「いや、それに――気になってるんですよ」

「何が？」

「犯人は、もしかしたら、あの近くに潜んでいて、僕と彼女のやりとりを聞いていたんじゃないかって。だとすると、当然、婦人警官だと知っていたわけでしょう」

なるほど、と弓江は思った。

わざわざ囮捜査で歩いているのに、不意をつかれるとは考えにくい。犯人も、丸山佳子が、普通の女の子ではないと知っていたのかもしれない。

「だから、彼女が刺されたのも、僕のせいかもしれないと思うと気になって……」

久米は、今にも泣き出しそうな顔で言った。

「落ちついて。何とか命は取り止めそうだっていうし」

と、弓江は励ましてやった。

大谷が、何だか妙な顔で戻って来た。母親が目ざとく気付いて、

「どうしたの？　お腹《なか》でも痛い？　お薬なら持ってるわよ」

と言い出す。

「いや、そんなんじゃないよ」

大谷は首を振った。「何とも、妙なことになった」

「というと、警部？」

「うん。――この通り魔の一件を、担当してくれというんだ」

「まあ。でも、うちの担当じゃありませんよ。それとも――」

と、弓江は、ちょっとためらってから、「殺人になったんですか？」

と訊いた。

久米の顔が青ざめた。

「まさか、彼女が！」

「いや、そういうわけじゃない」

と、大谷は、首を振った。「ただ、警察としても、婦人警官がやられたのでは、体面にかかわる。そこで、ぜひ君に担当してほしいんだそうだ」

「私――ですか？」

弓江は面食らった。

「危い仕事だ。もう一度、よく話して、変えてもらおう」

「いえ、警部」

と、弓江はすぐに首を振った。「やります。ぜひやらせて下さい」

「しかし——」

「そりゃ立派な心がけよ」

と、大谷の母が口を出した。「万一のときは、ちゃんとお線香も上げてあげますから、安心してちょうだい」

「ママ！」

大谷は母をにらみつけた。


「命を取り止めるかどうか、微妙な状態です」

と、医師は言った。

「何とか助けて下さい！」

と、久米が前へ出るのを、弓江はあわてて押えた。

「あなたはおとなしくしてて！　追い返すわよ」

「すみません」

久米は頭をかいた。

「意識は戻りそうですか？」

と、弓江は訊いた。

「少し時間がかかりますね。——心配なのは余病を併発することです。アッという間にやられることが多いので」

弓江は肯いた。

「よろしくお願いします」

と頭を下げ、病室の〈面会謝絶〉の札の下がったドアを見た。

医師が呼ばれて行ってしまうと、久米が言った。

「何とか助かってほしいです」

「それは同感よ」

と弓江は言った。「行きましょう」

別に、弓江としては、久米を従えているわけではない。

久米の方が勝手について来たのだ。弓江も根負けしてしまったのである。

二人して廊下を歩いて行くと、どこからやら、笑い声が聞こえて来た。

久米がムッとした様子で、

「こんな所で笑うなんて、けしからん！」

と怒っている。

「放っときなさい」

と、弓江は苦笑した。

見れば、笑い声の主は、公衆電話をかけている、若い男だった。紺のビジネススーツをピシッと着込み、かつなかなかの二枚目だった。

「いや、また何か分かったら電話するよ。――うん、まず大丈夫だろう。あれでなかなか、佳子はしぶといからね。ハハハ。――じゃ、また」

佳子？　偶然かしら、と弓江は思った。

「あの――」

と、弓江は、その青年に声をかけた。

「僕？」

と振り向き、可愛《かわい》い女の子と分かると、ニッと笑って、「何か用かい？　今夜の予定なら、空いてるよ」

こりゃ相当なもんだ、と弓江は思った。

「今、お電話されてましたね」

「うん。それがどうかした？」

「『佳子』とおっしゃったのは、丸山佳子さんのことですか？」

「そうだよ、彼女を知ってるの？」

「はあ。――いえ、直接には……。でも、今、重体なんでしょう？」

「その通り」

「その割に明るく話しておられましたね」

「そりゃね、僕がここで嘆き悲しんでたって、佳子が助かるわけじゃないからね」

そりゃ理屈はそうだが……。

「あなたは、失礼ですけど、丸山佳子さんとどういう……」

「僕は彼女のフィアンセだよ」

「フィ……。婚約者ですか？」

「そう。――ショックだった？　一目惚《ぼ》れには、常にそういう危険がつきまとうんだよ」

しかし、この青年には、他の危険がつきまとっていた。

久米の拳《こぶし》が、その青年の顎《あご》にぶつかったのである。

青年はもののみごとに引っくり返った。

「――な、何をするんだ！」

「この野郎！　婚約者が命も危いってのに、何だ、その態度は！」

「何だ、貴様こそ！　俺《おれ》がどうしようと勝手だろう！」

弓江はあわてて、

「病院の中ですよ！　静かに！」

と割って入った。

「しかし、この殺人狂！　この薄情な野郎――」

「なにを！」

「静かに！」

弓江は青年に手帳を見せた。「――ちょっとお話をうかがえますか？」

「――刑事さんとは知らなかったな」

その丸山佳子の婚約者――名を宇田川秋男といった――は、顎をなでながら言った。

弓江と宇田川は、患者と家族たちが話をするための、休憩所に座っていた。

一人でカッカしている久米は、玄関で待っているように、弓江に命令されていた。

「いや、もちろん、僕だって心配ですよ」

と、宇田川は言った。「だけど、男がメソメソ泣いてられますか？」

でも、笑ってるのも、ちょっと珍しい、と弓江は思った。

「早く仕事を辞めて、結婚しようと言ってたんです。でも彼女、なかなか聞かなくって」

「責任感の強い人なんでしょう」

「ええ。デートしていてもね、つい怖い顔になってるんですよ。例の通り魔事件が、引っかかってたらしくてね」

「佳子さんは、自分から囮捜査を志願したんです。なかなかできないことですわ」

「自分から？」

宇田川は意外そうに言った。「そうでしたか……」

「ご存知《ぞんじ》なかったんですか？」

「いや――ゆうべ、本当は彼女、非番のはずだったんです。それで、一緒に出かける約束してたんですけど、会社へ電話があって、実は、急の仕事に駆り出されて、と……」

「署で聞いて来ましたけど、佳子さんは、とても優秀な婦人警官だそうです。――私が意外だったのは、そんなに優秀な佳子さんが、全く抵抗の跡も見せずに刺されていることなんです」

「犯人がよほど素早い奴《やつ》なんでしょうね」

と、宇田川は言った。「早く捕まえてほしいですよ」

「もちろん、全力を尽くします」

と、弓江は言った。

そのとき、近付いて来る足音がしたと思うと、

「秋男！」

と、鋭い声がして、弓江はびっくりした。

いや、当の秋男の方こそ、まるで感電でもしたように、ビクッと体を震わせて言った。

「母さん！」

振り向いた弓江は、もの凄《すご》い敵意に満ちた視線に出くわして、ギクリとした。

「この女は誰なの？」

やせぎすの、その婦人は、細い目でじっと弓江を見据えているのだった。

「刑事さんだよ。――ほら、彼女の事件を調べてる」

「証明書を見せなさい」

弓江が呆気に取られながら、証明書を提示すると、その婦人は、ちょっと鼻を鳴らして、

「丸山佳子が死んだからって、早速、うちの秋男を狙ってるのね？　そうはいきませんからね」

「は？　でも、佳子さんは生きてらっしゃいますよ」

と言った。

「あら、そうなの」

と、アッサリ肩をすくめ、「それは残念だわ」

と言った。

「母さん、何てことを言うんだ」

宇田川は、困り果てた様子で言った。

「結婚前に、そんな危険な仕事を買って出るなんて、馬鹿《ばか》ですよ。そんな女と結婚しようっていうのかい、お前は？」

ははあ、これは……。

弓江は、どうやら大谷の母と同類の母親らしい、と思った。

しかし、大谷の母には、ユーモアや人の好《よ》さがあるのだが、こちらは冷たさしかない。——何とも、救い難い印象だった。

「それじゃ、私は、これで」

と、弓江は早々に立ち上がる。

宇田川の母親は、弓江を油断ない目で見ながら、

「二度と息子に近付かないでよ」

と凄んだ。

「母さん――」

「お前、仕事があるんだろ？　こんな所で何をしてるの！」

「婚約者の見舞に来ただけじゃないか」

「人間、死ぬときは死ぬのよ」

――弓江は、やれやれ、とため息をつきながら、廊下を歩いて行った。

「上には上がいるわ……」

さて、と……。

久米はどこへ行ったんだろう？

玄関の所へ来て見回すと、待合室の長椅子《いす》にかけて、二十一、二の女性と話している。

あの宇田川のこと、言えないじゃないの、と弓江は思った。

「あ、香月さん」

久米が、弓江に気付いてやって来た。「何か容態に変化は?」

「そんなに急に変わらないわよ」

と、弓江は苦笑した。「――その人は?」

「佳子さんの同僚なんだそうです」

「まあ、婦警さんなの?」

弓江が自己紹介すると、小柄でちょっと小太りの、可愛いその娘は、パッと敬礼した。

「それはやめてよ」

と、弓江はあわてて言った。「お見舞に来たの?」

「はい、私、丸山さんには、一から教えていただいたんです。私の尊敬する先輩でした」

きりっとした、好感の持てる子である。

「あなた、名前は?」

「山崎カナ子です」

「カナ子さん。――その後の捜査体制、どうなってるの?」

「はい! 丸山先輩の仇《あだ》を討つんだ、とみんな燃えています」

「燃えて――」

「十人以上の者が、囮を志願しています」

「そんなに？」

気持は結構だが、そうゾロゾロ囮が歩いていては、犯人も出て来ないだろう。

「私も、ぜひ、と申し出ました」

と、山崎カナ子は言った。

「僕も囮になりたい！」

と、久米が言い出して、弓江は引っくり返りそうになった……。

3

「まあ、その婚約者の母親って、そんなに凄い人なの？」

大谷の母に言われて、弓江は、

「は、はあ……」

と言い淀《よど》んだ。

まさか、「お母様並みです」とも言えない！

大谷母子と弓江で、夕食の最中である。

今夜は、すき焼の店に入っていた。

「ほら、努ちゃん、お肉」

「僕はさっきから食べてるよ。彼女の所へ入れてやってよ」

「ちゃんと順番に入れてるわよ」

大谷の母の順番というのは、お肉、野菜、焼豆腐——これのくり返しである。だから、いつも肉は大谷へ、弓江には専《もっぱ》ら焼豆腐ばかりが当たっていた。

「——でもねえ」

と、大谷の母が首を振って、「そういつまでも息子を子供扱いしてると、いいことないわ」

「そ、そうですわね」

と弓江は同意した。

「そうよ、息子がマザコンになったら、どうするのかしら」

弓江と大谷が同時にむせて咳込《せきこ》んだ。

「——そんなに大勢、囮志願がいるんだったら、君の出る幕はなさそうだね」

と、大谷が、少しホッとした様子で言った。

「いえ、でも、みんな若くて、あまりそんな凶悪事件にぶつかった経験のない子ばかりなんです。だから、今夜は私が行くことにしました」

「何だって？」

大谷が顔をこわばらせた。「――よし、僕も行く」

「警部と一緒じゃ、犯人、出て来ませんよ」

と、弓江は苦笑した。

「しかし――」

「大丈夫です。凶悪犯の相手は慣れていますから」

「そう。じゃ、今夜ね……」

と、大谷の母は肯くと、鍋《なべ》から、牛肉を出して、弓江の所へ入れた。

「お母様、召し上って下さい」

と、弓江が言うと、大谷の母は、

「いいえ。これがこの世の食べおさめかもしれないんですから、味わってお食べなさい」

と言った。

「やっぱり僕も行く」

「警部——」

弓江があわててなだめる。

再び、何とか食事が始まった。

「ほら、努ちゃん、お豆腐がこわれちゃったわ。突き刺した方が早いわよ」

と、大谷の母が身を乗り出す。「アーンしたら、入れてあげるわよ」

「いいよ！」

大谷は額の汗を拭《ぬぐ》った。

「お母様……」

と、弓江は、はしを置いた。

「あら、もう満腹なの？」

「いいえ。とてもいいことをおっしゃって下さったんです」

「そりゃいつものことよ」

と、平然と言って、「ところで、何の話なの？」

「刺して、とおっしゃいましたね」

弓江は考え込みながら、「これまでの通り魔の被害者は、丸山佳子さんを除くと三人でした。でも、誰も、カミソリのような鋭い刃で、切られているんです。ところが、佳子さんは刺されている。これはおかしいと思いません？」

「なるほど」

と、大谷は肯いた。「その手の犯人は、まず手口を変えない」

「そうです。それを考えると、どこか妙ですわ」

「すると……」

大谷と弓江はしばし考え込んだ。

「努ちゃん」

と、大谷の母が言った。「お肉が冷《さ》めちゃうわよ」

「ああ。――分かったよ」

大谷はため息をついて、はしをのばした。

「もうそろそろですね」

と、弓江は言った。「この辺で降ります」

「いや、もう少し行こう」

大谷は車を走らせていた。

弓江は、いかにも都心に勤めるＯＬというスタイル。もちろんハンドバッグの中には、拳銃《けんじゅう》と手錠が入っている。

弓江が電車で行くというのに、大谷が送ると言ってきかなかったのだ。

「さっきの話だけど――」

と、大谷が言った。「丸山佳子を刺したのは、通り魔じゃない、という可能性もあるんじゃないか？」

「そこなんです」

弓江は肯いた。「もし、佳子さんを憎んで殺したいと思っている人間がいたとしたら、彼女が、通り魔事件の囮捜査に出ているときっていうのは、絶好の機会じゃないでしょうか」

「まず、自分が疑われる心配はないからな」

「そうです。それにもう一つ」

「何だい？」

「ベテランだった佳子さんが、抵抗もせずに刺されていることです」

「そうか。顔見知りの犯行とすれば――」

「警戒心を抱かなかったのも、分かります」

大谷は首を振って、

「こいつはどうやら、我々の領分の事件かもしれないな」

と言った。「――ああ、あそこが例の駅だ」

「じゃ、ここで停《と》めて下さい。車から降りて歩いて行くんじゃおかしなもんですわ」

「待ってるよ」

「いえ、お母様が心配されますわ。帰ってらして下さい」

と、ドアを開けて外へ出る。

「しかし……」

「私、電車が着くのを待ってますから。降りて来る客に紛れて、それから、問題の道を歩き出します」

「そうか。分かった」

大谷も諦めて、息をついた。「じゃ、気を付けてくれよ」

「ご心配なく」

と、弓江は微笑んだ。

「ご心配だよ」

大谷は言った。

二人は顔を寄せて、軽くキスした。

弓江が駅の方へ歩き出すのを、大谷は、不安げに見送っていた……。

――十分ほどして、電車がやって来た。

弓江は、降りて来た十数人の客の中へ素早く紛れ込んだ。すぐにみんな左右へ散って行く。

弓江は、昼間一度歩いた道を、足早に辿《たど》って行った。

腕時計を見て、早く帰らなきゃ、という顔をする。

――もう、歩き出したところから、犯人がどこかで見ている可能性もあると思わなくてはならない。

あまりゆっくり歩くのは、却《かえ》っておかしい。

やはり、通り魔事件を知っているのに、用事で遅くなった、という感じを出す必要がある。

その辺の表現力は、一種の「演技」が必要なところだ。

すぐに、弓江は一人になった。

さすがに、この道を通る人は、早く帰るようにしているのだろう。

弓江は、もちろん、前後左右に、充分注意して歩いていた。いつでもバッグから拳銃を取り出せる。

しかし、その余裕がないこともあるのだから、どうしても銃を使おうとはしないことが大切だ。

いざとなったら、左腕を切らせて、右手で相手を攻撃するしかない。弓江とて、その自信はなかったが……。

そろそろ危い場所だ。そう思ったとき、わきの雑木林に、何かが動く気配を感じた。

弓江はそれに気付いたことを、足取りなどに表わすまいと努力した。

同じ足取り、同じ姿勢で歩き続ける。

あの音は――気のせいだったのか？

いや、違う！　また聞こえた。

誰かがいるのだ。弓江と並行して、雑木林の中を抜けて行く。

向うはためらっているのかもしれない。

もし、弓江の考えが正しかったとして――つまり、丸山佳子を刺したのが、通り魔とは別の人間だったとしても、通り魔の方も、新聞の記事で、婦人警官が囮捜査をしていたことを知っているわけである。

果して弓江が本当のＯＬか、それとも婦人警官か、判断しかねているのかもしれない。

その点、弓江は小柄だし、一見きゃしゃで、女刑事には見えないから、有利である。走りにくいハイヒールの靴をはいているのも、犯人の警戒心を緩めるかもしれない。すぐに脱げるように、わざとゆるめの靴にしてある。

——暗い所へさしかかった。

来る。弓江は、緊張した。

時代劇の剣豪ではないが、「殺気」とでもいうものを感じた。

近付いて来る。近付いている。

どこ？　どこだろう？

弓江もさすがに、口の中が乾いて、汗が額からこめかみを流れ落ちるのを感じていた。

突然、その「音」の方とは全く別の、前方の茂みで、声が上がった。

「捕まえたぞ！」

「何するんだ！」

「この野郎！」

「よせ！　こいつ——」

「おとなしくしろ！」

あの声は……。

弓江はびっくりした。久米と、もう一人は宇田川の声だ。

弓江は、ハッと振り向いた。

黒い影が、素早く雑木林の中へ消えた。

追いかけよう――として、弓江は諦めた。

この暗さだ。とても追い切れまい。

弓江は、深々と息をついた。

「全くもう……」

ペンライトで照らして見て、弓江は、吹き出してしまった。

道へ転《ころが》り出て、取っ組み合っているのは、もちろん久米と宇田川だ。

二人ともスカートをはき、ブレザーなど着て、まるで申し合わせたように、女装していたのである。

「何てことだ！」

大谷ににらまれて、久米も宇田川もシュンとしている。

弓江が、二人をこの警察署へ連れて来たら、大谷が待っていたのだ。やはり弓江のことが心配で、帰る気になれなかったらしい。

「君らは、香月君のせっかくの苦労を、水の泡にしてしまったんだぞ！」

「警部」

と、弓江がいさめた。「二人とも悪気があったわけじゃないんですから」

「それはそうだが……」

と、大谷はまだ気の済まない様子。

「それにしても、二人とも十年前のＯＬの格好ね」

と、弓江は笑いながら言った。

「いや、僕の方がナウいです」

と、宇田川が主張する。

「何言ってんだ！　その格好でバスケットシューズをはいてるＯＬがどこにいる！」

「貴様こそ、テニスシューズじゃないか！」

「静かにしたまえ」

と、大谷は渋い顔で言った。「二度とこんな真似《まね》はしないことだ。公務執行妨害で逮捕するぞ」

さすがに二人とも青くなってうなだれた。

「ところで──」

と、大谷は弓江の方に、「それらしい影を見たって?」

「ええ。雑木林の方から、こっちの様子をうかがっていたようです。ただ、出て来るかなと思ったときに、その人たちが騒ぎ出したもんですから」

「全く困ったもんだ」

と、大谷は、久米と宇田川の方をジロリとにらんだ。

ママと一緒でないときは、なかなか迫力があるのである。

「あんなことがあったんですから、もう今夜は何もないでしょうけど……」

と言いかけて、弓江は、ヒョイとわきの方へ目をやった。「あら──お母様」

「えっ?」

大谷がドキッとした様子で、入口の方を見た。

「あら、努ちゃん、やっぱりここだったの」

「ママ!　どうしてここにいると分かったの?」

「そりゃ、あんたが弓江さんについて行ったことを考えりゃ、すぐに分かるよ。ほら、夜食を持って来たわ。さめない内にね」

大谷はため息をついた。

ポカンとして、その光景を眺めている久米と宇田川に気付いて、大谷の母は、目をパチクリとさせた。

「まあ、仮装大会でもやってたの？」

――至急、署内の会議室を拝借して、「夜食会」が開かれた。

弓江も、手作りのホットサンドイッチを一つもらって一緒に食べた。

「――久米さんはともかく、宇田川さんの方は、意外でしたね」

と、弓江は言った。「母親の手前、遠慮してるのかもしれないけど、本当は佳子さんを愛してるんですね、きっと」

「ちょっと二枚目の方ね」

と、大谷の母が肯いて、「見るからにマザコンの顔をしてるわ」

「そ、そうでしょうか」

「そう。母親べったりで、乳離《ちばな》れのしてない男ってのは、一目でわかりますよ」

大谷は、会議室の中を見回して、

「なかなか掃除が行き届いてるね」

などとやっている。

ドアが開くと、巡査が一人飛び込んで来た。

「大変です！」

「どうした？」

「今、若い女性が腕を切られて——」

「まあ！」

弓江はサッと青ざめた。

大谷と弓江が飛び出して行くと、コートをはおった若い女性が床に倒れている。

警官が傍に膝《ひざ》をついて、血を止めていた。

「救急車は？」

と大谷は言った。

「呼びました」

「よし、僕がついて行こう。もし意識を取り戻したら、犯人を見たかどうか訊くんだ」

「私がやります」

と、弓江が言った。

「君が？」

「私の責任です。——もう今夜は出ないと思い込んでいて……。犯人はそれを察していたんですわ。私が油断したばっかりに……」

弓江は固く唇を結んだ。

「――けがは右腕ですよ」

と、警官が立ち上がって息をついた。「大分深く切りつけられてるな。でも命にかかわることはないでしょう」

弓江には、しかし、一向に慰《なぐさ》めにならなかった……。

4

弓江が、丸山佳子の病室を見舞って、廊下に出ると、宇田川がやって来るのが見えた。

もちろん今日は、普通のビジネススーツだ。ただ、若い女性が一緒だった。

「あら――」

と、弓江は目を開いた。

「あ、失礼しました」

山崎カナ子は、また直立不動の姿勢で敬礼した。

「やめてよ」

と弓江は苦笑した。

「ゆうべはすみませんでした」

宇田川が頭をかく。

「いいえ。――あなた方、お知り合い？」

「遠い親戚《しんせき》に当たるんです」

と、宇田川は山崎カナ子を見て、「妹みたいなもんですよ」

「エへ」

と、カナ子がちょっと舌を出す。

なるほど、カナ子が丸山佳子のことで、人一倍カッカしているのも、よく分かる。

「まだ意識は戻らないわ」

と、弓江は言った。「でも、一応危機は脱したということだから」

「そうですか。よかった！」

宇田川は息をついて、「下手に犯人を捕まえようとはしないで、彼女のそばについていてやりますよ」

「それが賢明ね」

と、弓江は肯いた。

やっと、微笑みが浮かんだ。ゆうべの一件以来、沈み込んでいるのである。

何とかこの手で犯人を捕まえなくては。

「今夜はどうなるんでしょう？」

と山崎カナ子が言った。「私、囮になりたいのに……」

「毎日毎日、違う人が歩いてたんじゃ、犯人の方だって、用心して出て来ないわよ」

「そうですね」

「私、今夜もう一度歩いてみるわ」

と弓江は言った。

「でも――気を付けて下さい」

「ありがとう。じゃ、お先に」

と弓江が行きかけると、

「久米って奴に、よろしく言って下さい」

と、宇田川が声をかけて来た。

ゆうべ殴り合いをしたのが、却《かえ》って二人にとっては良かったようだ。

玄関を出ようとすると、タクシーが停って、宇田川の母親が降りて来た。

えらく不機嫌な顔で、弓江にはまるで気付かない様子。さっさと病院の中へと入って行く。

また息子とやり合うつもりかしら、と思うと、弓江は少々気が重くなった。ついて行く気もしない。弓江は宇田川の母親が乗って来たタクシーにそのまま乗って、警視庁へ向かった。

「――犯人も、相当用心して来るだろう」

大谷は、机の上に、地図を広げた。

「これまでの五件の内、四つは、ほとんど同じような場所で起こっています」

と、弓江は言った。「ゆうべ、私が人の気配を感じたところですわ」

「一件だけ、丸山佳子の事件だけは、少し外れてるな」

大谷は肯いた。「いや、大分外れている。一キロ近くあるよ」

「やっぱり、これは別の事件とみた方がいいですわ」

と、弓江は言った。

「同感だな。――しかし、そうなると、却って厄介だ」

「というと？」

「つまり、丸山佳子を刺した人間は、それで目的を達しているわけだ。つまり、いくら君が囮になって、通り魔をおびき出しても、丸山佳子の事件は解決したことにならない」

「そうなんですよね」

弓江にもそこは分かっていた。「でも、差し当たり、私は通り魔事件を担当しているわけですから、そっちの解決を優先しないわけにいきません」

「うむ。そうだなあ……」

大谷としては、弓江を危険にさらすのが忍びないのだ。

「それに通り魔だって、毎晩出て来るわけじゃないでしょう」

「そりゃそうだろう」

「でも——待って下さい」

と、弓江は考えこんだ。

「どうした？」

「ゆうべのことを考えてたんです。通り魔は私たちの裏をかいて、成功しました。そうすると今夜、まさか二晩つづけては、やらないだろうというときに……」

「なるほど。——やるかもしれないな」

大谷は肯いた。

二人は、少しの間、顔を見合わせていた。

「警部――」

「このカンは、当たるかもしれないぞ」

「私もそんな気がします」

と、弓江は力強く言った。「必ず、犯人は捕えて見せます」

「よし、今夜は厳戒態勢を取らせよう」

大谷は、電話の方へと大股《おおまた》に歩み寄った。

――弓江は、現場付近の地図を眺めた。

五つの傷害事件。その一つは別だとしても、ほとんど限られた場所で起きているのだ。

こういう事件の難しさは、現行犯で逮捕しないと、まず未解決に終わるということである。

被害者と犯人の間に、何ら個人的な係わり合いがないのだから、動機から容疑者を割り出し、そのアリバイを調べて行く、というわけにいかないのである。

これまでにも、多くの通り魔事件が未解決のまま、時効を迎えている。

通りすがりの、見知らぬ他人を、大した動機もなく、殺傷した恐ろしい人間が、今でもごく当り前の市民として生活している。

おそらくは、よき家庭人として……。

その平和な家庭の光景を想像すると、弓江はゾッとするのだった。

だから、今度の通り魔事件でも、この一帯のパトロールを強化すれば次の凶行は防ぐことができるだろうが、犯人がおとなしく身をひそめてしまえば、逮捕の可能性は低くなる。

そこがむずかしいところだった。

今夜、もう一度、あの道を歩いてみよう。ゆうべとは少し時間をずらした方がいい。

もちろん、出て来るかどうかはわからないが……。ただ、決して無視できない可能性はある、と思った。

これは刑事としての直感だ。

もちろん犯人としては、囮が出ているのは承知だろう。どれが囮で、どれが囮でないか、犯人の方も、カンを頼りにしているに違いないのだ。

「——手配したよ」

と、大谷がやって来た。「何かあれば一分以内に駆けつけるように、白バイやパトカーを、あの区間の両端に待機させておくことにした」

「警部……」

「どうした？――何だか顔色が悪いよ」

「今、気付いたんです。丸山佳子さんにも、護衛をつけないと――」

「しかし、病院の中だよ」

「でも、犯人が個人的に恨みをもつ人間だとしたら……」

「そうか、却って見舞に来る人間の中にいるかもしれないな」

「もちろん、大胆な犯行は避けるでしょうけど……」

「よし、分かった。すぐに警官をやろう」

二人がデスクの方へ戻って行くと、

「警部！」

と、部下の一人が声をかけて来た。

「何だ？」

「病院に入ってる丸山佳子って婦警ですが――」

「どうした？」

「危篤状態だそうです。すぐ来てほしい、と――」

弓江と大谷は、同時に捜査一課を飛び出して行った。

「困りますよ」

医師が渋い顔で言った。「こんな事件の起こる可能性があるのなら、そちらで用心していただかないと」

「申し訳ありません」

と、弓江は言った。「で——助かりそうでしょうか?」

「ともかく——」

と、医師はベッドの方へ歩み寄った。「発見があと三分遅かったら、完全に死んでいましたよ。誰か知らないが、酸素のバルブを閉めてしまったんだ。ひどいことをする」

弓江は唇をかんだ。

廊下に出ると、大谷がやって来た。

「だめだな。誰も、それらしい人間を見かけていない」

「きっと、それらしくない人なんですよ」

と、弓江は言った。「いつも後手に回ってしまいますね。——何とかしないと」

「ただ、犯人としては、丸山佳子にしゃべられては困るわけだから、これで何とかもち直せば、またやって来る可能性もある」

「そうですね。でも、そのためには危険を冒す必要がありますわ」

「よし。僕が今夜はここへ張り込もう」

「でも警部じゃ……。目立ちますよ」

「そうかなあ。だけど――」

「私、一つさっき思い付いたことがあるんです。それを確かめたくて」

「そうか。――よし」

大谷は、少し考えてから、言った。「じゃ、ここは君に任せる」

「でも――」

「心配するな。通り魔の方は僕が引き受ける！」

「警部がですか？」

「暗いから、大丈夫さ」

「え？」

「いや、何でもない」

大谷は首を振った。「いいね、君も充分に気を付けてくれよ」

「はい」

大谷は、弓江の肩を、優しく抱いた。

病院の廊下は静かだった……。

「努ちゃん！　おやつの時間よ！」

という声が響きわたるまでは。

5

宇田川は、丸山佳子のベッドの傍の椅子で、ウトウトしていた。

ゆうべ、あの「変装騒ぎ」で、あまり寝ていなかったせいもある。

一時危かった佳子も、何とかもち直していた。――時間はもう夜中の十二時に近い。

宇田川としては、眠くなるのも当り前だ。

腕を組み、頭がガクッと前へ垂れる。そのまま、眠り込んだようだ。

病室のドアが静かに開いた。

そっと中へ入って来たのは、宇田川の母親だった。

ドアを静かに閉めると、息子が眠り込んでいるのを確かめてから、ベッドの方へ近寄って行った。

その肩に手が触れて、宇田川の母親は、ハッと振り向いた。

「静かに」

弓江は囁《ささや》くように言った。「息子さんを起こしたくないでしょう?」

宇田川の母親は青ざめた。

弓江は、その手を取って、廊下へと連れ出した。

「もっと早く気付くべきでしたわ」

と、弓江は言った。「最初、私が息子さんと話をしているところへ、あなたがおいでになったとき、『結婚前に、そんな危険な仕事を買って出るなんて』とおっしゃいましたね。でも、佳子さんが自分から進んで囮になることを志願したのを、なぜご存知だったんですか?」

宇田川の母親は、弓江から目をそらした。

「直接、彼女からお聞きになったんですね」

と、弓江は言った。

宇田川の母親は、よろけるように、廊下に置かれた長椅子の方へ歩いて行き、力なく座り込んだ。そして、両手で顔を覆《おお》うと、

「あの子を……取られたくなかった……」

と、絞り出すような声で言った。

弓江は、その前まで歩いて行くと、

「あなたが、佳子さんを刺したんですか?」

と訊いた。

「いいえ!」

宇田川の母親は首を振った。「私は……ただ話をしただけです。本当は——刺してやろうと思って行ったのは確かです。でも——やはりそこまではできなかった……」

と息をつく。

「そうですか」

弓江は肯いた。

「本当です!——昼間、あの機械を止めたのは、私ですけど……」

「あれも、立派な殺人未遂ですよ」

弓江は穏やかに言った。

「分かっています」

「一つ、教えて下さい」

と、弓江は言った。

「え？」

「なぜ、あの時間に、佳子さんが囮捜査に出ていることを知ってたんですか？」

「それは――」

と、ためらっている。

「誰かが、あなたに教えたんでしょう？　でなかったら、そんなことまで分かるはずがありませんものね。それは誰だったんですか？」

宇田川の母親は、当惑げに、

「本当に――よく分からないんですよ。ただ、電話があったんです」

「電話？　内容は？」

「今夜、丸山佳子が、通り魔事件で、囮捜査に出る、と。――だから、今夜彼女を殺せば疑われなくて済む、と言ったんです」

「相手の声に、覚えは？」

「さあ……。妙にくぐもった声でした」

「男の声？」

「いえ。――女の声です」

「女の、ね」

「私も、初めはびっくりしました。そんなことをする気もなかったから……。でも、電話を切ってから、あれこれ考えていると、あの女さえいなければ、という気になって来て」

「佳子さんは、あなたを見て、びっくりしたでしょうね」

「でも、落ちついていました。――とても手は出せなかったんです。いつも、息子といるときとは違っていて、とても厳しい感じで、圧倒されてしまいました」

弓江は肯いた。

この宇田川の母親の話は、信じていいように思えた。

「母さん――」

と声がした。

宇田川が、静かにドアを開けて、出て来るところだった。

「秋男……」

「今の話、聞いたよ」

宇田川は、やや青ざめた顔で、「僕と一緒に警察へ行こう。何もかも、僕が説明してあげるよ」

と母親の肩に手を置いた……。
弓江は、宇田川母子の後ろ姿を見送って、
「さて――」
と、呟いた。
宇田川の母親に、丸山佳子のことを教えたのは誰だろう？
婦人警官が囮捜査に出ることなど、外部の人間が知るわけもない。
そうなると……。

そろそろ危い場所だ。
山崎カナ子は、ともすれば早くなりがちな足取りを、何とか抑えていた。
もちろん、方々で網を張っていることは、よく分かっていた。
しかし、通り魔が襲って来て、カミソリを振うには、ほんの何秒かあれば充分だ。
その間には、誰も駆けつけて来てくれない。
自分で身を護《まも》るしかないのである。
道が暗くなる。――少し風もあって、木々の枝が騒いだ。
そのおかげで、誰かが動いても分からない。

カナ子は、神経を張りつめて、歩いて行った。

もう少しで明るい所に出る。

少し、ホッとしかけたとき、いきなり、目の前に何かが飛び出した。

「キャッ」

と思わず声を上げる。

が――それは黒い猫だった。素早く道を横切って行く。

「なんだ……」

フウッと息をついて、カナ子は笑った。

そのとき、背後に誰かがいるのを感じた。

しまった、と思ったときは遅かった。あの猫は――。

振り向きかけたカナ子の脇腹《わきばら》を、鋭い刃が切り裂いた。

「アッ!」

と、カナ子は叫んだ。

黒ずくめの格好の人影は、雑木林の中へ戻ろうとした。そのとき、

「待て!」

という声がした。

大谷が走ってきた。スカートをひるがえし――誤植ではない。女の格好をしているのだ。

黒ずくめの男が、道を先の方へと駆け出した。

「止れ！　撃つぞ！」

拳銃を空へ向け、発射する。

かまわずに突っ走って行く、黒ずくめの男に向かって、わきから突っ込んで行く影があった。二つの人影がもつれて転がる。

「この野郎！」

と怒鳴っているのは、久米の声だ。

大谷は、撃てば久米に当たるかもしれないので、ともかく靴を脱ぎ捨て、全力で走った。

「痛っ！」

久米が、腕を押えて倒れた。

黒い人影は、はね起きて駆け出そうとした。――その前に立ちはだかったのは――。

「ママ、危い！」

と、大谷は叫んだ。

だが、危かったのは、通り魔の方だった。

大谷の母がスッと身を沈めたと思うと、黒い人影はみごとに宙を一回転して、道に叩きつけられたのである。

「――ママ！　無茶しちゃだめじゃないか」

と、息をはずませながら、大谷は駆けつけた。

「お前、何なの、その格好は？」

と、女装した息子をにらんで、言った。

「仕方ないよ。仕事だからね」

「それにしたって。――そんな趣味の悪いスカート、弓江さんにでもあげなさい」

「どういうことだい、それ？」

パトカーや白バイ、それに救急車が駆けつけて来た。

黒マスクをした通り魔を、警官が立ち上がらせて、マスクを取る。

大谷は、ちょっと顔をしかめた。――まだせいぜい十七、八の少年なのだ。

「連れて行け」

と肯いて、「――何てことだ」

「親の育て方が悪かったのかね」

と、大谷の母親が言った。

久米が救急隊員に付き添われてやって来る。

「やあ、大丈夫かい？」

「ええ、大したことないです。腕をちょっと切られただけで。――佳子さんの方はどうでしょう？」

「あっちは香月君がついてるよ」

と、大谷は言った。

「警部」

と、巡査が一人、走って来た。「話したいと言ってますが……」

担架に乗せられた山崎カナ子の方へ、大谷は足早に歩いて行った。

「かなりひどい傷です」

と、救急隊員が、低い声で大谷に言った。

「そうか」

大谷は肯いて、山崎カナ子の方へかがみ込み、「やあ、良くやったな！　逮捕したぞ。お手柄だった」

と明るい口調で言った。

「警部……」

「何だ?」

「丸山さんを刺したのは……私です」

と、山崎カナ子は、低い声で言った。

「何だって?」

「私……宇田川さんが好きだったんです。だけどあの人は、私のことを妹のようにしか……。宇田川さんのお母さんに、丸山さんを殺させようとしたけど……結局だめで、私が自分で……。天罰だわ。私も死ぬんです……」

「おい、しっかりしろ！——急いで病院へ！」

と大谷は怒鳴った。


大谷母子が昼食を取っているレストランに、弓江は少し遅れて現われた。

「あら、弓江さん、お先に失礼してるわよ」

「ええ、どうぞ。——あんまり食欲がないんです」

「どこか悪いんじゃないの？　診《み》てもらったら?」

「いいえ、大丈夫です。ただ——」

と、弓江は言葉を切った。

「何があったの？」

と大谷は訊いた。

「今、電話があって、山崎カナ子さん、亡くなったそうです」

「そうか……」

大谷は肯いた。「まあ——彼女のためにはその方が良かったのかも——」

「いいえ！」

と、弓江は激しく遮った。「死んで良かったなんてこと、ありません！　生きて、罪をつぐなって、またやり直せたのに。その方がどれだけいいか……」

弓江は、息を吐き出して、

「すみません、生意気を言って」

「あなたの言う通りよ」

と、大谷の母が肯いて言った。「命の大切さは、母になってみれば、よく分かるわ。たとえ、子供がどんなに辛《つら》い目にあっていても、生きていてくれた方が、母親はどんなに嬉《うれ》しいか……」

大谷は黙って肯いた。

「やあ、どうも！」

元気な声がして、久米がやって来た。腕を吊《つ》っているが、至って元気がいい。

「あら、久米さん。佳子さんの所に行くんじゃなかったの？」

「婚約者同士の間を邪魔するほど野暮じゃありませんよ」

と久米は笑って、「あの宇田川も、なかなかいい奴です。母親のことがあるんで、彼女に別れたいと言ったそうですが、彼女は聞かなかったそうです。さすがに僕が惚《ほ》れた女《ひと》だけのことはある！」

「じゃ、お昼をご一緒にいかが？」

と、弓江は言った。

「いいんですか？」

「もちろんかまいませんよ」

と、大谷の母が言った。「別にこの二人は婚約者同士でもないし」

大谷が、目をむいて、母親をにらみつける。

弓江は思わず吹き出してしまった。

寄り道にご用心

1

え？　左？　どうして左へ曲ったのかしら、私……。

そう。――岩井仁美《ひとみ》は、右も左も分からないような子供じゃない。何しろ高校三年生、十八歳なのだから。

でも、左へ曲ってしまったのだ。いつもいつも、中学一年のときから、ずっと毎朝――もちろん、夏休みとか日曜日は別だけれど――右へ曲っていた角を、左へと曲ってしまったのである。

右へ曲るのと左へ曲るのとでは、当然大きく違って来る。右へ行くと学校だが、左へ行けば、どう間違っても、学校には着かないのだ。

それなのに……。学校へ行かなきゃいけないんだわ、それなのに、どうしたんだろう、私？

すぐに足を止めて引き返せば、充分に遅刻にならずに間に合う。でも、岩井仁美は、そのまま歩き続けていたのである。

岩井仁美は、ごく普通の高校生だった。学校でも、トップを争う秀才というわけではなかったが、それでも「できる」子の中には数えられていたし、大学も当然の如《ごと》く受験することになっていて、まあ、今の成績を維持していれば、大体志望校には間違いなく入れる、と、教師も請け合ってくれていた。

仁美に、他の子たちと変わっている点があったとすれば、ただ一つ、高校三年ともなると、たいていの子は、ちょくちょく授業をさぼっていたし、教師の方もあまり文句は言わなかったのだが、仁美は一度もさぼったことがない、ということだろう。

特別真面目《まじめ》だった、というわけじゃないが——いや、やっぱり真面目だったのかもしれない。本人はそう思っていなかったが、友人たちからは、ちょくちょく、

「仁美って、何が面白くて生きてるわけ？」

などと皮肉を言われていたのだから。

そう。仁美だって、そう考えることがないじゃなかった。でも——知らない世界を

覗《のぞ》いたり、知らない場所へ行ったりするのが、面倒くさかったし、好きじゃなかったのだ。

本来、臆病《おくびょう》なのかもしれない。自分の家と学校と、その他《ほか》には、本屋さんとか、何軒かのフルーツパーラーとか、レストラン……。大体、仁美の行動半径はそんなところだった。はた目には、何て面白くもない、と思われるかもしれない。でも、仁美としては、当人がそれで結構満足してるんだから、いいじゃないの、という気持なのである。

ところが、その朝に限って、なぜか仁美は、今まで通ったこともない道へと入って行ったのだった。

運悪く、駅からの道で、一緒に行くような友だちとも出会わなかった。大体仁美は早く学校へ出ているので、あまり友人と行くということがない。

ともかく、理由は、仁美自身にも分からなかった。ただ、ごく自然に足がそっちへ向いてしまったのだ。

——へえ、こんな所だったの！

仁美は、ちょっとびっくりしていた。学校から、そう遠くない所に、こんな一角があったなんて……。

これじゃ、先生が、

「帰りに寄り道をするな」

と、しつこく言うはずだ。

その、ちょっとごみごみした通りの両側は、ズラリとホテルが並んでいた。ホテルといっても、もちろん一流ホテルではない。いわゆるラブホテルである。

いくら「真面目人間」の仁美だって、こういうホテルが何のためにあるのかぐらいは知っている。

一つ一つのホテルが、結構、凝った名前をつけたり、建物のデザインが、悪趣味ながら面白くて、仁美は、どんどん通りを歩いて行った。――それにしても、こんなに沢山並んでいて、しかもどこも倒産してもいないらしいということは、客が入るということだろう。

「大したもんねえ……」

と、思わず仁美は呟《つぶや》いた。

仁美は足を止めた。意識して止めたのではなく、足の方が止ったのだった。

二軒ほど先のホテルから、一組の男女が、出て来たのだ。仁美がハッとしたのは、女の方が、紺の制服で――自分と同じ制服だったからだ。

しかし、すぐに、もう一つの驚きが、仁美の胸を凍りつかせた。一緒に出て来たのは、中年の背広姿の男で、笑いながら、制服の少女の肩を抱いている。

仁美の口から、呟きが洩《も》れた。

「パパ……」


パトカーが停《とま》るのが見えた。

香月弓江は、急いで走って行った。パトカーのドアが開いて、ピタリと三つ揃《ぞろ》いのスーツで決めたハンサムな、優しくて可愛《かわい》い――これは弓江の個人的見解だが――大谷努が降り立った。

もちろん逮捕されて来たわけではない。大谷努は、警視庁捜査一課の警部である。弓江は、その部下兼恋人だった。

「警部、お待ちしてました」

と、弓江は言った。

「やあ、遅れてすまん」

と、大谷は、響きのいい声で言った（弓江にかかれば、大谷は何だってすばらしいのだ）。

「現場はこのホテルの三階です」

弓江は先に立って、〈ペルシャ風〉というのが謳《うた》い文句のくせに、どこがペルシャ風なのかよく分からないラブホテルの中へと入って行った。ホテルの前には、すでに何台もパトカーや報道関係の車が停っていたが、その割に野次馬が少ないのは、この辺にいるのがＴＶニュースにでも出てはまずい通行人も少なくないからかもしれない。

「――お母様は？」

と、ホテルへ入りながら、弓江が訊《き》いた。

「うん、ちゃんと昼のお弁当は食べてから来たよ」

と、大谷が言って、苦笑いした。「こんな所へ来ると知ったら、きっとついて来ただろうな」

大谷も母には頭が上がらない。母一人、子一人の故である。

「――あ、ここの支配人です」

と、弓江が言った。

元々そうなのか、殺人なんかが起こったせいでそうなのか、えらく不機嫌な顔をした男だった。五十がらみで、でっぷりと太って、頭がテカテカと、派手な照明に照り映えている。

「商売あがったりです」

と、支配人はふくれっつらで言った。

「こういう仕事じゃ、多少の危険はつきものだろ」

大谷は気軽に言って、「現場へ案内してもらおうか」

「どうぞ。――ああ、私は種田といいます。これまで、一度だって警察の方と問題を起こしたことなんかないんですから」

と、先に立ってエレベーターの方へ歩いて行く。

すると、廊下の奥の方から、白い毛の塊みたいなものが転がって来た。いや――近づいて来ると、猫である。真っ白で、柔らかい毛に覆《おお》われているので、どこが顔なのかよく分からない。

「凄《すご》い猫」

と弓江が言うと、支配人の種田は、ちょっと笑顔になって、

「純正ペルシャなんですよ」

と自慢した。「このホテルも、それでペルシャ風とつけたんです」

ペルシャ猫がいるからペルシャ風！　弓江は笑い出しそうになるのをかみ殺した。

「おお、よしよし」

種田は、猫をかかえ上げると、毛をかき回すようにして、「いつになく、人が大勢出ているので、神経質になっているんです」

と説明した。

「こっちもだよ。早く現場へ行きたい、ってね」

「これは失礼しました」

種田が、あわててエレベーターのボタンを押す。

「――被害者は高校三年の女の子です」

と、エレベーターの中で、弓江が言った。

「女学生か。やれやれ」

大谷はため息をついた。「相手を見てないのかい?」

種田は首を振って、

「女の子が最初一人で来たんです。金も払って。――たぶん、男は遅れて来たんでしょう」

「入るのは見なかったのか?」

「いつも受付にいるとは限らんので」

大谷は肩をすくめた。――前科者か何かなら、残った指紋から割り出すこともできるが、ごく普通の会社員でも相手にしていたのでは、なかなかむずかしいだろう。ずっと付き合っていたボーイフレンドなら、家族か友人かが知っていようが、行きずりの男と、だったとしたら……。

大谷としては、気の重い事件だった。

エレベーターが三階について、扉が開く。

「あら、遅かったのね、努ちゃん」

目の前に、大谷の母が、にこやかに笑いながら立っている。

「ママ！　どうして――」

大谷が目を丸くする。

「パトカーの後をタクシーでつけたのよ」

大谷の母は平然と言った。「エレベーターばっかり使ってると、体力が衰えますよ。三階ぐらいなら、歩きなさい」

弓江は、渋い顔の大谷を見て、思わず笑ってしまった。警部が尾行されてちゃ仕方がない！

「ちゃんと、お弁当は食べたじゃないか」

と、大谷が言った。

「分かってるわよ。でもね、ようじで歯の隙間《すきま》のかすを取ってなかったわ。虫歯の原因になりますからね。――はい、これ」

大谷の母は、バッグから、つまようじを一本取り出した。大谷は、急いでそれをポケットへ入れ、

「後で使うよ」

「ちゃんとやらなきゃだめよ」

「分かってる！」

大谷は、冷汗を拭《ぬぐ》いつつ、廊下を歩いて行った。

「いや、ユニークなお母様ですね」

と、種田が真顔で言った。「うちの母も――もう亡くなりましたがね――私が高校生になっても、お弁当を学校まで届けに来たもんですよ」

幸い、それ以上、その話は続かなかった。現場に着いたのである。

「その猫を中へ入れないように」

と、大谷は種田に注意して、中に入って行った。

――この手のホテルとしては、ごくありふれた造りである。中には、やたらあれこれと仕掛があって、間違って遊園地にでも来ちゃったのかな、と思うようなホテルも

あるようだが、ここは比較的地味な（?）印象だった。

中は、他の刑事たちや、鑑識の人間たちが、結構たてこんでいる。

被害者は、ベッドに仰向《あおむ》けになっていた。紺の制服のままだ。服はそう乱れてもいない。

「――絞殺か」

と、大谷は首を振った。

「努ちゃん、遅刻だぞ」

と、からかい半分、声をかけて来たのは、検死官の有本である。

殺人現場でも、常に温和な笑顔を絶やさない、という男だ。

「経過時間は?」

と、大谷が訊くと、有本は死体の方を見やって、

「まあ、二、三時間ってところだろうな」

「そうか。すると、ここへ娘が入ったのが――」

「十一時ごろでしたかね」

と、種田が、ドアの所で、ペルシャ猫を抱いたまま答える。

「夜の十一時じゃなくて、午前十一時だぜ」

有本がため息をつく。「全く、どうなってるんだ！」

「今が二時半か。――ということは、ここへ入って、割合に、すぐ殺されたってことだ」

大谷は、殺されている少女の方へと歩いて行った。――首のまわりには、カーテンを結んでおく太い布の紐《ひも》が巻きついている。

「突発的な犯行でしょうか」

と、弓江は言った。「あの紐、この部屋のですものね」

「そうだな。喧嘩《けんか》の挙句ってところか」

大谷は、やれやれ、という顔で、「若いのに、もったいないことだなあ」

と呟くように言った。

「学生鞄《かばん》がありました。中はきちんとしてるんです。タバコなんかも入っていないし」

「手がかりらしいものは？」

「特に何も。――学生証はこれです」

「見せて」

ごく当り前の定期入れだった。開くと、中に学生証。――久保沢佑子《ゆうこ》、とあった。

「家には連絡しました。母親がこっちへ向かっているはずです」

と、弓江は言った。「でも、何だか妙な気がするんですけど」

「というと？」

「この子、とってもまともに見えませんか？　服装にしても、髪も、それに――」

「タバコもやっとらんな」

と、有本が口を出す。「爪《つめ》や歯を見りゃ分かるよ。こういう所を利用する子にゃ見えん」

「なるほど」

確かに、なかなか理知的な顔立ちの娘ではある。しかし、今の若い子たちは、外見じゃ分からないのだ。

「久保沢佑子か。学校の方にも連絡を――」

と、大谷が言いかけたとき、

「大谷警部」

と、若い刑事が声をかけて来た。

「どうした？」

「ホテルの裏手で、うろついてる娘がいたんで、連れて来ました」

見れば、被害者と同じ制服の娘である。

しかし、こちらは髪を派手に染めて、タバコなどくわえている。

「君は——この子の知り合い？」

と、大谷が訊くと、娘は肩をすくめて、

「顔ぐらいはね」

と言った。

「それにしちゃコソコソ隠れてたじゃないか、ええ？」

と、刑事が肩を叩《たた》くと、その娘はパッと身を引いて、キッと刑事をにらみつけた。

「気安く触《さわ》んなよ！　男になんて触られんのもごめんだからね！」

凄い迫力だ。弓江は目を丸くした。

「君、何をしてたんだ？」

と大谷が訊くと、娘は、ゆっくりタバコの煙を吐き出して、

「いいカモがいないかと思って見てたのよ」

「カモ？　男のことか？」

「いいアルバイトになるからね」

「今、男なんて、触られるのもいやだって言ったじゃないの」

弓江が言うと、娘は、ちょっと笑って、

「お金になるかならないかで違うわよ」

と言い返した。

「君の説明は、ちょっと無理だな」

と大谷が言った。

「あら、どうしてよ？」

「君だって、この騒ぎだ、パトカーが何台も来てるのを、知らないわけはあるまい。

そんな所で、君のカモが見付かると思うかね？」

娘はちょっと詰った。それから何か言い返そうとしたとき、

「まあ、あなた――」

と、声がして、大谷の母が入って来た。

「ママ！　現場に入っちゃだめだよ」

大谷の声など耳に入らない様子で、

「あなた、仁美ちゃんじゃないの！」

と、娘の顔をまじまじと見つめる。

「ママ、この子を――」

「知ってるわよ。岩井さんのとこの一人娘で……。お母さんとは古いお友だちなの。まあ、一体どうしてこんな格好で？　優等生だったあなたが！」

岩井仁美は、ちょっとたじろいだ様子で、目をそらした。

「努ちゃん！　この子が犯人だなんて思ってるわけじゃないでしょうね」

「ママ、誰《だれ》もそんなこと――」

「この子は、そんなことしないわ。私が保証します」

大谷の母は、堂々と言った。

「私、知ってるわ」

と、仁美が言った。

「知ってる、って、何を？」

「犯人よ、佑子を殺した」

弓江と大谷は顔を見合わせた。仁美が続けて言った。

「殺したのは、うちのパパよ」

2

「もう、何もかもおしまいですわ」

涙声で、その婦人は言った。

大谷も弓江も、慰める言葉がない。

「元気をお出しなさいよ、聡子《さとこ》さん」

と、一人で慰めているのは、大谷の母である。「何もかもったって、ご主人も仁美ちゃんも、ちゃんと生きてるじゃないの。人間、生きてる内は、おしまいじゃないわよ」

しかし、いかに大谷の母の説得力をもってしても、岩井聡子の涙を止めることはできそうになかった。

何とも重苦しい雰囲気が、岩井家の居間を支配している。

人間は大勢いる——大谷たちを入れれば、六人もいるのだ。それでいて、この沈黙である。いかにみんなが沈み込んでいるか、分かろうというものである。

大谷たち三人以外は、もちろんこの岩井家の親子で、父親の岩井和人《かずと》は、苦虫をかみつぶした顔をさらにペンチでねじ曲げたような顔で、腕組みしたまま、押し黙っている。

妻の聡子は前述の通り、シクシク泣きながら、

「もうだめですわ」

とくり返しているし、娘の仁美は、大胆に足など組んで、タバコをふかしていた。

いつまで黙っていても仕方がない。大谷は咳払《せきばら》いをして、まず父親の方へ向いた。

「岩井さん。すると、あなたは被害者の久保沢佑子を殺していないとおっしゃるんですね？」

「当り前です」

岩井はふくれっつらで言った。

仁美が、わざとらしく、ワッハッハ、と声を上げて笑った。岩井がムッとしたように、

「仁美、何だ、その態度は！」

と怒鳴る。「タバコを消せ！」

「よく言うわよね」

と、仁美は、小馬鹿《こばか》にするような目で父親を眺め、「佑子とできてたくせに、お説

教するつもりなの？」

岩井は顔を真っ赤にしたが、何も言わなかった。――何と言っても、娘の同級生と関係していたのだ。

「あなたは、自分の娘と同じ年齢の子と……。確かに、偉そうなことを言えた身ではあるまい。恥ずかしいと思わないんですか！」

と、聡子がかみつきそうな声で言った。

「お前の知ったことじゃない！」

「妻が夫の浮気に口を出す権利がないって言うんですか！」

「これには色々わけがあるんだ！」

「わけがあれば、高校生の女の子とホテルへ行ってもいいと――」

「まあ、ちょっと落ちついて下さい」

と、大谷は言った。「ここはお一人ずつ話をうかがいたいですね。まず岩井さんから。他の方には席を外していただいて――」

「私は妻です。夫の話を聞く権利があります！」

と、聡子が主張する。

「じゃ、努ちゃん、手分けしましょう」

と、大谷の母が言い出した。「ちょうど、双方三人ずついるわけだから、一対一で。

その方が能率的よ」

「いや、ママ、それは――」

「じゃ、弓江さんは仁美ちゃんと。私は聡子さんと話をするから。――聡子さん。私たちの話は、主婦にふさわしく、お台所でいたしましょ」

大谷の抗議も聞かず、さっさと聡子を引っ張って、出て行ってしまう。大谷はため息をついて、どうにでもなれ、と心の中で呟くのだった……。


「久保沢佑子ね。――確かに、関係があったのは認める」

と、岩井は、しょんぼりした様子で言った。「しかしね、あれはいい子だったよ。そりゃ、はた目には、父親ほどの年齢の男とホテルに行ってたんだ、どんな不良かと言われても仕方ないが、私は、あの子に、ハンカチ一枚買ってやったことはない」

「小づかいは？」

「金など、ましてやだ。聡子の奴《やつ》だって、考えりゃ分かりそうなもんだ。わしのこづかいなど、たかが知れとる。何万円もこづかいなどやってたら、わしの財布がもたんよ」

「ホテル代を払っただけ、というわけですか？」

と、大谷は訊いた。

「そうだ。その金を作るために、酒もタバコも絶ったんだからな。しかし、それだけの価値のある子だった」

どうやら、岩井は本気で久保沢佑子に惚《ほ》れていたらしい、と大谷は思った。

「知り合ったきっかけは、仁美の学園祭を見に行って、仕事があったので一人、車で帰るときだった。あの子のわきを車で走り抜けて、泥水をはねて、スカートに飛ばしてしまったんだ。もちろん謝ったよ。あの子は、いやな顔一つしなかった……」

「それだけで？」

「いや、その後、一カ月ぐらいして、偶然、出食わしたのさ。やっぱりわしは車で――にわか雨が降っていた。信号で停っていると、すぐ横の喫茶店の軒下に、あの子が困ったような顔で立ってたんだ。わしは声をかけて乗せてやった」

岩井は、ちょっと眉《まゆ》を寄せて、「あの子も、それなりに苦労していたらしくて、特に両親がうまく行っていなかったようだ。車には乗ったが、家に帰りたくない、と言うんで、少しドライブした。――一緒にお茶を飲んで話をしたりして……。あの子も寂しかったんだ。わしを父親のように見ていたらしい」

父親とホテルには行くまい、と大谷は思ったが、黙っていた。

しかし、岩井が、ただの遊び相手として、久保沢佑子と付き合っていたのならともかく、自分で認めているように、ある程度「本気」だったとすれば、却《かえ》って、その愛着が殺意につながることだってあり得るわけである。

まさか結婚しようとまでは思わなかったにしても。

「犯行のあったころには、どこにいましたか？」

と大谷が訊くと、岩井はちょっと表情をこわばらせた。

「わしはやっとらんと言ったじゃないか！」

「はいそうですか、というわけにはいかないものですからね」

と、大谷は言い返した。「今日の午前十一時ごろです」

「もちろん会社に――」

と言いかけて、岩井はためらった。「いや――違った。出かけとったんだ」

「どちらへです？」

「いくつか回る所があった。しかし、向うはきっと憶《おぼ》えとらんだろう」

「一応、うかがいたいですね」

岩井は、仕事上、系列の店の様子を見に回ることがあるらしかった。そういう場合は、当然、店の人間とも話をせず、客らしい顔で見て回るので、いちいち誰と話すこともないわけだ。

「すると、誰とも口をきいていない、と」

「しかし、確かに回ったんだ。本当だ！」

岩井はくり返した。

大谷としても、午前中岩井が会社にいなかったことはわかっていたのだ。会社にいたとでも言い張ってくれたら、突っついてやれたのだが……。

しかし、ともかく、岩井には今のところ、はっきりしたアリバイはないわけである。

「やったのがあなたでないとすると、他に犯人がいることになりますが」

と、大谷が言うと、岩井は、ちょっと複雑な表情で、

「そうだな……。見当もつかんよ」

「それらしい話をしていませんでしたか？」

「いや、全然だ」

岩井は首を振った。

どうやら、久保沢佑子が、自分以外の男ともホテルへ行っていたらしいと知って、ショックだったようだ。——男なんて勝手なものだ、と大谷は、自分も男だということは棚に上げて、考えていた。

「あなたって、とっても成績がいいんですってね」

と、弓江は言った。

「前はね」

仁美は、タバコを灰皿に押し潰《つぶ》しながら言った。

大谷の母と岩井聡子が、主婦にふさわしく台所で話をするのなら、こっちは、というわけで、弓江と仁美は表に出て、喫茶店に入ったのだった。

「でも、馬鹿らしくなっちゃって。やってらんないわよ」

仁美は、投げやりな調子で言った。

「あなたがタバコなんか喫《す》い始めたのは、つい最近なんでしょう?」

「そうよ」

「きっかけは?」

「どうだっていいじゃない、そんなこと」

「お父さんのこと?」

「パパはパパよ。私には関係ないわ」

「そんなことないでしょ」

「あんたの知ったことじゃないわ」

仁美は、新しいタバコを出してくわえた。

「タバコは違法よ」

と、弓江が言った。「やめなさい」

「大きなお世話よ」

「これでも？」

弓江がバッグからサッと小型の拳銃《けんじゅう》を出して、仁美の顔に突きつける。仁美が、タバコをくわえたまま、マッチを探る手を止めて、ギョッとした。

弓江が引金を引く。カチッ、と音がして、銃口から炎がポッと出た。ライターなのである。

「どうぞ」

弓江がタバコに火を点《つ》けてやると、仁美はしばらく呆気《あっけ》に取られていたが、やがて、笑い出した。

「ああびっくりした！――面白い人ね、あんた、って」

「無理しないで」

「え？」

「そんな風にワルぶってもだめ。こんなこといやだと思いながらやってるのが、すぐ分かるわよ」

「私、別に――」

「それが怖いのはね、その内、本当にそれに慣れちゃうこと。元に戻れなくなるわよ。麻薬と同じ」

仁美は、ふと目を伏せた。タバコを灰皿に置く。

「――あのホテルの裏で何をしてたの？」

と、弓江は訊いた。

「私……」

仁美は何か言いかけたが、すぐに思い直したのか、肩をすくめた。「パパが来るかと思って待ってたのよ」

「そんな出まかせを言って」

「本当よ！」

と、仁美はむきになって言った。「パパの姿は見なかったけど」

「どうしてあなた、お父さんがやった、と言ったの？」

「動機があるでしょ。パパ、佑子に惚れてたんだもの。いい年齢《とし》して、いやね、男なんて」

「でも、殺すっていうのは、少なくとも、彼女と相手の仲がうまく行ってなかったってことでしょ？」

弓江の言葉に、ふと仁美は微笑《ほほえ》んだ。それは奇妙な微笑だった。どこか謎《なぞ》めいた……。

「そうとも限らないわよ」

と、仁美は言ったのだった。

「どうもスッキリしないなあ」

と、大谷が言うと、大谷の母は、顔をしかめて、

「ちょっと！」

と、ウエイターを呼んだ。「支配人を呼んでちょうだい」

大谷と弓江は顔を見合わせた。

三人で、少し遅い時間の夕食を、レストランで取っていたのだが……。

「ママ、どうかしたのかい？」

と、大谷が訊く。

「あら、お前がスッキリしないっていうからじゃないの」

「え？」

「努ちゃんに、そんな消化の悪いものを食べさせるなんて、許せないよ。文句を言ってやらなくちゃ！」

「ち、違うんだよ、ママ。僕が言ってるのは事件のことで——」

大谷はあわてて、飛んで来た支配人を適当にごまかして帰し、額の汗を拭った。

「そうならそうとおっしゃいよ」

と、大谷の母は平気な顔だ。

こういう境地に達するには、人間、やはり半世紀以上の人生を経ることが必要なのである。

「やっぱり岩井がやったんでしょうか」

と、弓江は言った。「アリバイはないし、彼も久保沢佑子との関係は認めてるわけですし……」

「だが、現場からは指紋一つ、見付かっていない。直接の証拠はないんだよ」

「適当に捕まえとけば？」

と大谷の母が言い出す。「聡子さんも、少し薬になるから、亭主を留置場へでも入れといてくれ、と言ってたよ」

「そんなわけにはいかないよ」

と、大谷が苦笑する。「それに、奥さんの方だって、夫の恋人だった久保沢佑子を殺す動機はある」

「あの人にゃ無理よ」

と、大谷の母は、アッサリと言った。「ともかく、いい所のお嬢さんですからね。プライドがあるし、たとえカッカしても、相手の女に手を出したりしないわ」

「私もお母様と同じ意見です」

と、弓江は肯《うなず》いて、「むしろ、仁美さんが、何かを隠してるみたいです」

「あの子は犯人じゃないわよ」

と大谷の母は言った。「弓江さんには気の毒だけど」

「いいえ。私も、あの子がやったとは思いません。でも――犯人を見たか、知ってるかだと思うんです。もし、それが父親だったら、そう言うんじゃないかと思うんですけど……」

「それはそうだな」

大谷は肯いて、「じゃ、食事が終わったら、ママは帰っていいよ。僕と香月君は、もう一軒、死んだ久保沢佑子の家へ回るから」

「私が邪魔なんだね」

と、大谷の母は顔をこわばらせた。

「何もそんな――」

「いいえ、顔を見れば分かります。どうせ私のような年寄りは――」

「お母様にもいらしていただきましょうよ」

と、弓江があわてて取りなすように言った。「それとも、私一人で行ってもいいですわ」

「まあ、それじゃ、そうしてちょうだい」

と、大谷の母はニッコリ笑って、「努ちゃん、たまには早く帰って寝ないと体に応《こた》えますからね」

大谷は、渋い顔でため息をついた。大谷の母は平気な顔だ。

「あら、デザートは？　ちゃんとバランスを考えて、フルーツを取るようにしないとだめですよ」

「分かったよ、ママ」

大谷は諦《あきら》めて、逆らわないことにした……。

3

妙な反応だわ、と、弓江は思った。

「お嬢さんは本当にお気の毒でした」

と言えば、普通の親なら、グスンと涙ぐむのが当り前だが、久保沢佑子の母親は至って平静なのである。

「死んだ者のことを、いつまで悲しんでいても、戻って来るわけではありません」

とは、確かにもっともな話ではあるが、しかし……。

「それにあの子は、あやまちを犯していたのですから、その報いで殺されたのです。罪はあの子にあります」

「はあ……」

こう言われると、弓江としても、何とも言えなくなってしまう。

もちろん、悲しみを抑えて平静でいる母親は、いないこともない。しかし、久保沢佑子の母親、恭子の場合は、そうでもないらしい。ともかく、我が子の死を、あまり気にしていないらしいのである。

なかなか、名門らしく、古い、広い屋敷だ。

久保沢恭子は、背筋をシャンと伸して、ソファに座っていた。もちろん、後ろにもたれたりしてはいない。

「あの――失礼ですけど、ご主人様は？」

と、弓江が訊くと、

「あれは出て行ってもらいました」

と、恭子が答える。「わが久保沢家にはふさわしくない夫でしたから」

ははあ。なるほど、きっと婿養子だったのに違いない。岩井の話で、佑子の両親がうまく行っていなかったらしいと、大谷から聞いていたことを思い出した。

「佑子さんが――その――さる中年男性と、時々ホテルへ行っていたのは、ご存知《ぞんじ》でしたか？」

と、弓江は訊いてみた。

「恥ずべきことです」

と、恭子は、少し厳しい口調で言った。

「つまり、ご存知だったんですね？」

「知ってはおりましたが、認めてはおりません」

そりゃそうだろう、それにしても、この母親、ちょっと変わっている。

「佑子さんを殺した犯人についてですが、心当りはございますか」

「あれは自業自得です」

「ええ、それは――まあ、ともかく、実際に手を下した人間を、やはり捕まえなくてはなりませんので」

「その必要はありません」

「は？」

「あの子は、自らの罪の報いを――」

これじゃ話にならない。

この誇り高き名門夫人のもとを、弓江は早々に逃げ出すことにした。

古びた門構えの屋敷を出ると、弓江は、寂しい夜道を歩き出した。タクシーを拾える道に出るには、五、六分歩かなくてはならないのだ。

大谷たちと食事をしてから回って来たので、もう十一時を過ぎていた。ただでさえ人通りの少ない高級住宅地で、今は野良猫一匹、姿がないというところだ。

「あーあ」

と、弓江は大欠伸《あくび》をした。

何にせよ、犯罪捜査というのは疲れるものである。人間の、いやな面ばかりを見せられることが多いからだ。

でも——弓江が頑張っているのは、やはり大谷というよき上司、いや恋人がいるからだろう。どんないやな事件があっても、大谷は人間というものは、本来悪いもんじゃないと信じている。

そこが弓江とも共通しているところなのだ。

——大谷と弓江は、正に申し分のないカップルだった。

これがトリオになる、というところに、やや問題があったのだが……。

弓江は足を止めた。背後から、駆けて来る足音。ハッと緊張する。

しかし、別に、強盗とか通り魔というわけではないようだ。というのも、その足音、少なくとも、五、六人分はあったからだ。

集団の通り魔というのは、あまり聞いたことがない。

「助けてくれ！」

弓江の姿に気付いたらしい男の声がした。

街灯の明りで、先を走って来る、若い男——いや、むしろ少年という感じだ——の姿が目に入った。追われているらしい。

追っている方は、四、五人だが、ぼんやりと影が見えるだけだ。

「待ちなさい!」

と、弓江が声を上げた。

すると——追って来た数人が、ピタリと足を止めたと思うと、素早く向きを変えて、逃げ出したのである。

へえ、私の声も、結構迫力あるのね、と弓江は変なことに感心した。でも——逃げて行ったのは、もしかして——。

「すみません!」

追われていた少年は、弓江のところまで来て、ヘナヘナと座り込んでしまった。

背丈はあるが、何だかいやにヒョロ長い感じの少年だ。

「大丈夫?」

と弓江が訊いても、ハアハアと息を切らしているばかりで、返事もできない様子だ。

体力ないんだから、今の子は、と弓江は苦笑した。

弓江の足下に、その少年のポケットから落ちたらしい定期入れがあった。拾い上げて、名前を見る。——田代雄一、か。

その定期入れを裏返して、弓江は面食らった。そこに入っている女の子の写真——

それは、殺された久保沢佑子だったのだ。


「よっぽどお腹が空いてたのね」

と、弓江は呆《あき》れ顔で言った。

深夜営業の喫茶店に入ると、その少年――田代雄一は、スパゲッティ、ハンバーガー、それにサンドイッチを平らげてしまったのである。

「すみません！　金、持ってなかったもんで」

と、少し落ちついた様子で、田代雄一は言った。

「どうなってるの？　家出？」

「まあ、そんなとこです」

「そんなとこ、じゃないわよ」

と、弓江は苦笑した。「あなた、久保沢佑子さんを知ってたの」

「ええ。恋人同士でした」

「まあ」

弓江は目を丸くした。佑子には、岩井以外にも恋人がいたわけだ。

「それで彼女の家へ？」

「そうなんです。何か――佑子の大事にしてたもんでも形見にもらおうかと思って」

「そしたら、誰かに追いかけられたのね。あれは誰？」

「よく――分かりません」

と、雄一は曖昧《あいまい》に言った。「どこかの不良だと思いますけど」

嘘《うそ》をついているようだ。しかし、弓江はすぐには追及しないことにした。

それに、暗い中だったが、あの、追いかけていた四、五人は、「女の子」たちのように、弓江には見えたのである。

「佑子さんとは、どれくらいのお付合い？」

と弓江は訊いて、「期間のことだけど」

と付け加えた。

「一年ぐらい……かな」

と、雄一は言った。

「程度の方は？」

「程度って……ああ、キスまでとか、そういうことですね」

雄一はちょっと笑って、「たまにはお互いの部屋に行くこともありましたよ。僕の所より、佑子の所の方がね、ほら、大きいでしょ。あそこの窓から入ったり出たりするの、楽なんですよね」

「じゃ、一緒に寝ることもあったわけ?」

「ええ」

当り前、という感じで答える。弓江の方はただ当惑していた。

恋人だったというわりには、佑子が殺されたというのに、いやにアッケラカンとしているではないか。

「あなた、佑子さんを殺したの、誰だか、心当りはないの?」

「分かんないですね」

と首を振って、「僕はお金ないから、あんなホテルには行けないです」

「彼女が、中年の男性と親しかったのは知ってる?」

「岩井仁美の親父《おやじ》さんでしょ?　知ってますよ」

弓江はまたも当惑である。

「あなた――何とも思わなかったの?」

「だって、彼女がそれでいいなら、僕の口出しすることじゃないでしょ。別に僕たち夫婦ってわけじゃないんだし」

弓江は、呆れるのを通り越して、少し気分が悪くなって来た。この男の子には、人間らしい感情がないのだろうか？

嫉妬《しっと》とか、悲しみとか怒りとか……。そんなものが何一つ感じられないのだ。

弓江は、田代雄一の住所と電話番号を控えて、早々に席を立った。


翌日になっても、弓江はまだカッカしていた。

「あの男の子ったら、『もう一杯コーヒー飲んでから帰ります』ですって！　恋人を失った少年のすることじゃないわ」

「時代が変わったんだよ」

大谷が慰《なぐさ》めるように言った。

二人は、大谷の車で、現場になったホテルへと向かっていた。

「でも、あんな子ばかりじゃありませんね、きっと」

弓江は自分へ言い聞かせるように、言った。「昔ながらに、そっと物陰から好きな相手の顔を覗いて、胸をときめかせているような……そんな子もいるはずですわ」

「そうだな。表面に出たところだけ見ちゃいけない。目立つのは、いつもほんの一部分だからね」

大谷も、珍しく教訓を垂れた（！）。

——車をホテルの前に停め、二人は受付の方へ歩いて行った。

「誰もいませんね」

と、弓江が見回していると、

「やあ、刑事さん」

と、支配人の種田が、例のペルシャ猫を抱いて、現われた。「お声ですぐに分かりましたよ」

「あら、私、そんなに変わった声してます?」

「いや、とてもチャーミングなお声ですよ」

「お世辞は結構ですわ」

と、弓江は苦笑した。

「部屋をご覧になるんですか?」

「もう一度、よく調べたいんでね」

と、大谷が言った。

エレベーターで三階へ上がっても、今度は大谷の母はいなかった。

「早々と営業を許可していただいて、ありがとうございました」

と、廊下を歩きながら、種田が言った。「この世界も、競争が激しくて、なかなか

ちょくちょく出入りするが、

「ええ、そりゃもちろん。――他はほぼ満室でして」

「あの部屋は使ってないだろうね」

大変なんですよ」

「この昼間から?」

弓江はびっくりした。――仕事柄、こういう場所にも、ちょくちょく出入りするが、

それにしても……。

ヒマな人が多いんだわ、世の中には。

「――さあ、どうぞ。――あれ?」

種田が、鍵《かぎ》を開けようとして、首をひねった。

「どうした?」

「開いてるんです。細く。――変だな、ちゃんと閉めておいたのに」

「忘れたんじゃないのか?」

「そんなことはありませんよ」

中へ入ると、大谷はグルリと見回して、

「変わった様子はないな。香月君、バスルームを」

「見て来ます」

弓江はバスルームの方へ足早に歩いて行って、ドアを開けた。思わず、

「アッ！」

と声を上げた。

「どうした？　誰かいたかい？」

「ええ。――でも――」

さすがに不意のことで、弓江も青ざめていた。

バスルームの、シャワーノズルの根元から、ロープを下げて首を吊《つ》っている男……。

「これは――」

と、種田が覗いて目を見張った。

「下ろすんだ！」

と、大谷が我に返って叫んだ。

「はい！」

二人して、その男の首からロープを外し、部屋の床に横にする。

「この少年は――」

「田代雄一ですわ」

と弓江は言った。「もう――だめですか？」

大谷は、田代雄一の胸に耳を押し当てた。

「——いや、まだかすかに——。おい！　早く救急車だ！」

と、大谷が怒鳴ると、種田があわてて電話へと駆けて行った……。

4

「信じられません」

と、弓江は首を振った。

「しかし、実際にああやって自殺を図ってるんだよ」

大谷は大きく伸びをした。

「でも……」

弓江には、どうも腑《ふ》に落ちなかった。

二人は、田代雄一を病院へかつぎ込み、医師から、一応命は取り止めるだろう、と聞いて、病院を出て来たところだった。

もう午後も大分遅くなっている。

「昼食抜きだったたな。どうだい、どこかでちょっと——」

と言いかけて、大谷は言葉を切った。

目の前に、母親が立っていたのである。

「お弁当がすっかり冷《さ》めちゃったわよ、努ちゃん」

と、大谷の母は言った。

「ママ、どうしてここにいると――」

大谷はため息をついた。「うちの課の奴《やつ》を誰か味方につけてるんだ」

「母親の愛情に理解を示してくれる人もいるのよ」

と、大谷の母は、澄ましたものだ。

「――警部」

と、弓江が何か思い付いた様子で、「私、ちょっと行く所があるので」

「あら、そう？　どうぞごゆっくり」

大谷の母が、愛《いと》しの息子を引張って行くのを見送ってから、弓江は、タクシーを拾った。

どうにも信じられない。――弓江は、タクシーの中で、考えていた。

あの田代雄一が、久保沢佑子の後を追って死のうとするだろうか？

大谷は、今の若い子たちは見かけ通りじゃないから、と言っていたが、それにしても、人間性というか、根本的なものは、隠しようがなく現われるものではないか。

雄一と話していて、弓江は、そういう暖かさを、まるで感じなかった。――何かある。何かあるのだ。

そして、弓江は、ふとあることに気付いたのだった……。


学校は、もう放課後で、学生の姿もまばらだった。

校庭を歩いて行きながら、弓江は、通りかかる生徒に、声をかけた。

「岩井仁美さんって子、知らない？」

三人目ぐらいに声をかけた女の子が、肯いて、

「仁美に用？　たぶんまだいるよ」

と言った。

「どこにいるか分かる？」

「さっき音楽室に入って行ったけど」

「音楽室ね。どの辺？」

「その校舎の一番奥よ」

「ありがとう」

弓江は足早に校舎へ入って行った。

なかなか由緒のあるらしい、古びた木造の校舎である。弓江は、最近の、ガラス窓が破れ放題のコンクリート校舎より、この方がよほど校舎らしい、と思った。

廊下をずっと歩いて行くと、突き当りに、〈音楽室〉という札の下がった扉がある。

弓江はガラガラと扉を開けた。

ピアノが置いてあって、後は普通の教室のようだ。その机の一つに、岩井仁美が向かっていた。

「あら」

と、顔を上げて、弓江を見る。

「一人？」

「ええ。——何か？」

「何してるの？」

と、弓江は机の方へ歩いて行った。

「何でもないわ」

仁美は、急いでノートを閉じた。

「隠さなくてもいいじゃない」

「隠してなんか――」

仁美は、ちょっとふてくされた顔で、弓江をにらんだ。

「もう髪を染めてないのね。タバコもやめたの?」

「もともと好きじゃないもの」

「そうだと思った」

弓江がそう言うと、仁美は、ちょっと笑った。

「女刑事かあ。――好き、その仕事?」

「まあね」

「私は、やだな」

と、仁美は言った。

「いやなこと、やる必要ないわ」

「そうね」

仁美は肯いた。

「勉強、してたんでしょ?」

「ええ。――大分遅れちゃったから」

「偉いわね」

「普通に戻すので精一杯」

と、仁美は笑った。「——何か私に訊くことでも？」

「そうなの」

弓江は隣の椅子《いす》を引いて座った。「田代雄一君を知ってるわね」

「田代君？　ええ、もちろん」

「久保沢さんとのことも？」

「佑子、だめな男にばっかり惚れられてたのよね」

と、仁美は首を振った。「田代君にしたって、うちのパパにしたって」

「田代くん、自殺しかけたわ」

弓江の言葉は、仁美をびっくりさせたようだった。

「嘘！」

「本当よ。あのホテルの同じ部屋で、首を吊って」

「死んだの？」

「命は何とか取り止めるって。しばらくは危かったのよ」

「——信じられない！」

と、仁美は息をついた。

「私も、実は信じられないの」

「刑事さんも?」

「あの人、佑子さんの後を追ったりするタイプじゃないと思うのよ」

「分かってるのね」

「でも確かに首を吊った。あるいは——」

と、弓江は、少し間を置いて、「誰かにやられたか……」

「殺されかけた、ってこと?」

「そう。意識を取り戻したら、はっきりするでしょうね」

仁美は黙って肯いた。弓江は、その表情をうかがうように、

「あなたじゃないわね?」

と言った。

「私が? 私がどうして?」

「だって、ゆうべ、田代君を追いかけてたじゃないの」

仁美は、目を見開いた。

「知ってたの?」

「知らないわ」

弓江が微笑むと、仁美はキュッと唇をかんだ。

「ひっかけたわね！」

「でもね、あのとき、チラッと逃げて行く姿が見えたの。もちろん影しか見えなかったけどね」

「じゃ、どうして――」

「あのとき、私が声をかけたら、あなた方、一斉に逃げたわ。でも、知らない人が私を見て、声を聞いたって、刑事だなんて思うわけないでしょ。あんな風に素早く逃げるなんて、私の声を聞き知ってる人しか考えられないもの。しかも女の子でね」

「へえ、頭いいのね」

と、仁美は肩をすくめた。「そう。私もいたわ」

「なぜ、田代君を追いかけてたの？」

仁美は、ちょっと目を伏せて、考えこんでいる様子だったが、やがて顔を上げた。

「――田代君は言わなかったのね？」

「ええ」

「いいわ、分かった。死にかけたのなら、もう充分ね」

「話してくれる？」

「ええ」

仁美は軽く肯いた。「佑子を殺したのは、田代君なんだもの」

「田代君が？」

弓江は思わず訊き返していた。「でも――なぜ？」

「あれはね、心中のやりそこないだったの」

「というと――田代君と佑子さんの？」

「ええ。あの二人、というより、佑子の方が、死にたい、と言い出したの」

「どうして？」

「お母さんと何かあったらしいわ。はっきりは言わなかったけど」

「じゃ、家庭の問題で？」

「そうだと思う。パパとのことは、それこそ佑子にとっても、息抜きっていうか――父親代りだったみたい」

「それで、田代君の方は？」

「あの人はいい加減だから」

仁美はちょっと笑って、「ともかく見栄《みえ》っぱりなの。佑子のこと、みんなの前でフィアンセ扱いして。――佑子も、少し迷惑がってたわ」

「それで心中？」

「佑子が死ぬと言い出したとき、田代君と、私、それに何人かのクラス仲間が一緒にいたのよ。で、田代君、カッコつけて――いくらかは本気だったのかもしれないけど――一緒に死ぬ、って言い出したのよ」

「それで？」

「さすがに、佑子も感激してた。でも、私には怪しいもんだと思えたわ」

「じゃ、あなたがあのときホテルの近くにいたのは――」

「そう。本当に二人が死ぬかどうか、見届けるつもりだったの。でも――一人で、ホテルの裏手に立ってる内に……」

仁美は、ゆっくりと目を窓の方へ向けた。「佑子を死なせたくない、と思うようになった。死ぬなんて、いつでもできるじゃない。自分でそう決めたといっても、もともとは親のせいだなんて、馬鹿みたいだと思ったの」

「そうね」

「で、私、急いでホテルの中へ入った。部屋も分かってたし。――ドアが少し開いていて、中へ入ると、佑子が一人で、殺されてたのよ」

「それで？」

「私、外に出て、田代君を捜したわ。でも、見付からなかった。——佑子だけ殺して、自分は怖くなって逃げたのよ。卑怯者《ひきょうもの》だわ！」

弓江は、ゆっくりと肯いた。

「それで、田代君を追いかけてたのね」

「だって、あんなのってないじゃない？　佑子は田代君のことを信じてたのに——」

「どうして、警察に言わなかったの？」

「逮捕させても仕方ないわ。彼に、後を追わせなきゃ」

「それで、あなた、お父さんがやったとか言って——」

「パパに、そんな度胸はないわ」

と、仁美は微笑んだ。「でも、少しはいいクスリになったでしょ。ママにしても、パパの浮気のこと知ってて、乙に澄ましてるんだもの。許せなかったの、私。一度は家の中を、引っかき回してやりたかった！」

「その目的は達したようね」

「そうね。却って、いい結果になると思うわ」

そうかもしれない。——人間、時には本音をぶつけ合うことが大切だからだ。

「でも、本当に田代君がやったの？」

と、弓江が訊くと、仁美はいぶかしげに、

「だって、他に考えられないわ」

と言った。

「だったら、田代君が死にかけたのは?」

「そう……。変ね」

「変よ。自殺しようとしたんじゃないとすれば、誰かが、彼を殺そうとしたのよ」

「どうしてかしら?」

「田代君が佑子さんを殺したことにしておきたい誰か、でしょうね」

と、弓江は言った。


「——やあ、待たせたね」

と、大谷は、車を降りて、言った。

「いいえ、ちょうど良かったですわ」

と、弓江は微笑んだ。

あのホテルの前である。弓江が、電話で呼び出したのだ。

もう夜になっている。

「お母様は？」

「風呂《ふろ》に入ってる」

「じゃ、黙って？」

「かまやしないさ。子供じゃないんだから、僕だって」

大谷も、母親がいないところでは、強いのである。

「じゃ、入りません？」

「うん。——安くしてくれるかな」

大谷は弓江の肩を抱いて、ホテルへ入って行った。「あれ、また受付にいないや」

「そうですね。——ああ、ベルを鳴らさないで」

「どうして？」

「いいもの、持って来たんです」

弓江はバッグから、小さな袋を出すと、何やら白い粉を、床の上にまいた。

「何だい、それは？」

「見てて下さい」

——少しすると、廊下の奥から、猫の鳴き声が聞えて来た。

「あの部屋だわ。行ってみましょう」

「あの粉は――」

「またたびです」

と弓江は言った。

猫の声のするドアの前で足を止める。

「うるさいな！　どうしたんだ？」

ドア越しに、種田の声がする。またひとしきり猫が鳴いた。

「分かったよ！　今、開けてやる」

ドアが開くと、ペルシャ猫が、飛び出して来た。弓江が素早く、そのドアをつかんで大きく開け放つ。

「何だ！」

種田が目を丸くした。パンツ一つで突っ立っている。

「失礼します」

弓江はズカズカと、中へ入って行った。

「――今晩は」

弓江は、ベッドの中で起き上がっている女に、挨拶《あいさつ》した。

久保沢佑子の母、恭子である。

「あ、あなたは――」

と青くなっている。

「佑子さんがこのホテルへ来ているのを知って、ここへいらしている内に、種田さんと親しくなられたんですね」

「驚いたな！」

と、大谷が首を振った。

「いけませんか？　他の人の知ったことじゃないでしょ！」

と、恭子がむきになる。

「佑子さんは、あなたが男の所へ行っているのを知っていたんです。相手が誰かまでは分からなくても」

「それで死のうと……」

「でも、田代君は怖くなって、ここには来なかったんです。一人で部屋で待っていた佑子さんを襲って――抵抗されて殺してしまったのは……」

弓江は、ゆっくりと視線を種田の方へ向けた。

種田は青くなっていた。

「私じゃない！　私は――」

「母親とこうなって、あなたは佑子さんの方にも興味を持ったんでしょう。それで、佑子さんにも手を出そうとした」

「じゃ、田代を殺そうとしたの？」

と、大谷が言った。

「ええ。この人が、田代君に佑子さん殺しの罪を着せようとしたんですよ。あの人をここへおびき出すのなんて、簡単ですもの。大体、単純な人だし」

「そうか。――まあ諦めるんだね」

大谷は、種田の肩に手をかけた。「田代は助かったよ。意識が戻ったら、あんたのことをしゃべるだろう」

「畜生！」

種田は声を震わせた。「何をやっても――俺《おれ》は中途半端なんだ！」

名文句だわ、と弓江は思った。

「あんたが佑子を殺したの？」

さすがに恭子も顔色を変えた。「そのくせよくも私と――」

「ふざけるな！　俺が抱いたのは、お前じゃなくて、お前の金だ！　分かったか！」

と、種田がわめく。

「何ですって！」

ベッドから、恭子が裸で飛び出して来ると、種田に飛びかかった。二人して、つかみ合いである。

「警部――」

「やらしとこう」

「そうですね」

と、弓江は肯いた。

「――まあにぎやかね」

と声がした。

「ママ！」

大谷が目を丸くした。

「ちゃんと、後を尾《つ》けてたんだよ。だめだね、気付かないようじゃ」

弓江は笑い出していた。大谷は渋い顔で、

「ともかく、これからこの二人を分けて、一人は逮捕しなきゃいけないんだ」

と言った。

「そう。じゃ、お風呂が沸いてるから、できるだけ早く帰るのよ」

と、大谷の母は行きかけたが、床の上の二人を見下ろして、「この二人、ケンカしてるの？　それとも愛し合ってるの？」

と訊いた。

「ケンカだよ」

「やっぱりね」

大谷の母は肯くと、「ま、どっちも大して違わないけどね」

と言って、さっさと歩いて行ってしまったのだった……。

幼なじみと初対面

1

「チェッ！」

と、舌打ちして、鈴井伸夫は、ちょうど足下に転がっていた空缶をけった。

缶は、ポーンと飛んで——行かなかった。

けったつもりが、わずかに足がそれ、バランスを失った鈴井は、ころびそうになってしまった。

タッタッ、とカニみたいに横歩きをして、辛《かろ》うじて踏み止《とど》まると、

「チェッ！」

と、また舌打ちする。

畜生。どうしてこう何から何まで、うまく行かないんだ！

世のサラリーマンなら、たいてい、週に一度はそう思っているだろうが、この鈴井伸夫の場合には、その率がやや高いのである。

格別、鈴井が事務能力において劣るということはない（格別優れているということもない）のだが、今は会社が不景気なのと、月給日まであと三日で、財布の中身が至って寂しいので、余計、世の中が自分にだけ辛《つら》く当たっているような気がしているのだ。

加えて、鈴井は二十八歳。もう同年輩の同僚はみんな結婚していて子供もあり、後輩ですら、二十歳になったばかりのアルバイトを除けば、既婚か婚約中、というのに、ただ一人独身。

差し当り、挙式の予定もない、と来れば、寂しさが昂《こう》じてグチとなるのも、当然といえよう。

ファッション雑誌のモデルになるには、少し足が短かめで、お腹《なか》も出っ張り気味だし、二枚目と称するには、冗談と受け取られる確率が高いのは自分でも分かっていた。

しかし、だからといって——恋人の一人もいないというのは、どういうことだ？

バーで飲んだ後、少々フラつく足で夜道を辿《たど》りながら、鈴井は、グチを言い続けていた。もちろん一人で。

よくある出会い——ちょっと昔の映画なんかで、よくあったように、ふと出会った男と女……。ああいう「ふと」が、どうして俺《おれ》には起きないんだ? 畜生! 世の中は不公平だ!

そんな出会いなんて、誰《だれ》にだって起こりゃしないのだが、今の鈴井は、そんなことなど、どうでもいいのである。要するに文句さえ言っていれば……。

「——あの」

そうだ、いつも女はこういう風に声をかけて来るもんさ。

「あの——ちょっと、すみません」

ん? 本当に聞こえたな、何か。

鈴井は、キョロキョロと周囲を見回した。

「ごめんなさい」

女が、暗がりから姿を現わした。

鈴井は目をパチクリさせた。——同じくらいの年齢か、スラリとした、なかなかの美人である。

「何か……」

　鈴井は、いぶかしげに訊《き》いた。どう見ても知らない女で、それに、現実にこんな風に声をかけて来るのは、ろくな用事じゃない、と思ったからである。

「あの――違っていたら、すみません」

　と、女は、じっと鈴井の顔を眺めながら、「もしかして、鈴井さんじゃありませんか？」

「え？」

　鈴井はびっくりした。

「鈴井伸夫――さんだったと――思うんですけど」

「ええ。僕は鈴井伸夫ですけど……」

　と、戸惑いながら言った。

「やっぱり！」

　その女は、ホッとしたような笑顔になった。「そうじゃないかと思った！」

「あの――君は？」

「忘れちゃったの？　ほら、子供のころ、隣の家にいた……」

　鈴井の頭は、精一杯のスピードで回転していた。子供のころ？　隣の家？

「よく遊んだじゃないの。――いやだ、全然憶《おぼ》えてないの？」

と、その女は、ちょっとガッカリした様子で言った。

鈴井は、焦った。――しかし、焦っても、一向に思い出せない。

しかし――向うはこっちの名前を知っているのだから、本当に隣の家にいたには違いないだろう。

鈴井は、ここ一番、度胸でぶつかることにした。

「ああ！　そうか！　思い出したよ。いや――あんまりきれいになってるんで、分からなかった」

「まあ、お上手ね」

と、彼女は、嬉《うれ》しそうに笑った。「私、すぐ分かったわ。鈴井さん、ちっとも変わらないもの」

「そ、そうかい？」

「ええ。昔通りの伸夫ちゃんだわ」

〈伸夫ちゃん〉ね。――一体誰だったろう、この女？

「もう帰るところ？」

と、その女は訊《き》いた。

「うん。いや――どうしようかと思ってたとこなんだ」

「奥様がお待ちなの？」

と、ちょっと斜めににらむ。

「いいや、俺は独身」

「あら、嘘《うそ》ばっかり！」

「本当だよ。別に急いで帰る必要はないんだ」

「そうなの？　だったら、どこかで一杯やらない？　再会を祝して！」

「ああ、いいとも！」

鈴井は、ご機嫌だった。

ドラマか映画のような出会いだ、正に！

これで、もう少し財布が豊かで、それから、この女が何て名前だったか、思い出せるといいんだけど……。

まさか、今さら、

「君、誰だっけ？」

と訊くわけにもいかない。

ま、いいや。——その内、思い出すだろう。

鈴井は、焦らないことにした。

今は、この美人と、腕を組んで歩いていることの方が、ずっと重要なのだから……。


「それでこのアパートへ連れて来た、ってわけか」

と、大谷努は肯《うなず》いた。

「その前に大分飲みました……」

鈴井は、消え入りそうな声を出していた。

ゆうベグチを言っていたときだって、今に比べりゃ元気一杯という感じだ。

「なるほど」

大谷は至って冷静に肯いた。冷静でなきゃ困るわけで——大谷努は、警視庁捜査一課の警部なのだから。

「で——彼女が、気分が悪いと言うもんですから、『僕のアパートに来るかい』と訊いたら『ええ』と……。決して無理に連れて来たわけじゃないんですよ」

鈴井は哀れっぽい目で大谷を上目づかいに見た。

「どっちでも、大した問題じゃないさ」

と、大谷は冷ややかに言った。「要するに彼女を連れ込んで、君は乱暴した」

「乱暴なんて——」

「そして抵抗されて絞め殺した、というわけだ」

――侘《わび》しい、としか形容のしようがない部屋だった。

男の一人住い。その典型みたいなものだ。どことなく薄汚れて、飾り気がなくて、色彩が乏しい。

これじゃ、女性が寄りつかなくて当り前だわ、と香月弓江は思った。

香月弓江は、大谷の部下、かつ、恋人である。

「ぼ、僕がやったんじゃありませんよ！」

と、鈴井が泣き出しそうな顔で言った。「それに大体この女は――」

「警部」

と、弓江は大谷へ声をかけた。「被害者のバッグから、身分証明書が出て来ました」

「そうか。見せてくれ。――前山志津子か。ＯＬだな」

「そのようですね」

弓江は、ネクタイを首に巻きつけられて死んでいる女の方へと目をやった。

「どうだ、名前を聞いて思い出したか？」

と、大谷が言ったのも耳に入らない様子で、鈴井は、ポカンとした顔になって、

「前山――志津子。志津ちゃんだ！　そう、隣の家にいた、幼なじみの志津ちゃん

「……」

と、独り言のように呟《つぶや》いた。

「やっと思い出したのか。しかし、殺してからじゃ、手遅れだぞ」

鈴井は、大谷を見つめて、言った。

「警部さん。——これは一体どうなってるんです？」

「どうなってる、って？　そいつはこっちが訊くことだぜ」

「確かに、そこで死んでる女は、前山志津子です。僕が殺したんじゃない。——僕は、ゆうべ、声をかけて来た女をここへ連れて来ました。その女は進んで僕をベッドへ——いや、ここはベッドがないので、布団の中へ引きずり込んだんです」

「ほう。じゃ、どうして殺したりしたんだ？」

「殺しませんよ」

と、鈴井は、くたびれたような顔で、言った。「目を覚ましてみると、彼女が隣で、裸のまま、死んでたんです。ネクタイで首を絞められて……」

「そんな話を信じると思うのか？」

「だって、本当なんですから」

と、鈴井はくり返し言って、「ただ、分からないのは、それだけじゃないんです」

「というと？」

「ゆうべ声をかけて来た女は、この人じゃないんです」

大谷と弓江は、顔を見合わせた。

「——今、何と言った？」

「この人は、確かに志津ちゃんです。でも、ゆうべ僕に声をかけて来て、ここまでやって来たのは、全然別の女なんです」

「何ですって？」

弓江は目を丸くした。「じゃ、ゆうべ一緒に寝たのは、この女《ひと》じゃない、っていうの？」

「ええ。全然別人です」

「ふざけるな！」

と、大谷が一喝した。「そんなでたらめが通じると思ってるのか！」

さすが、甘い二枚目とはいえ、捜査一課の鬼警部である。その声は迫力があって、辺りの空気を震わせた。そこへ——

「努ちゃん。あんまり大きな声を出すと、喉《のど》を痛めるわよ」

大谷はびっくりして振り向いた。

「ママ！　現場へ入って来ちゃいけない、って言ってるじゃないか」

大谷の母に、そんな言葉は通用しない。

「あら、私はただ、努ちゃんのお弁当を持って来ただけよ。もうすぐお昼ですからね。健康は、規則正しい食事から、って言うでしょ。変な時間に食事をして、それがもとで努ちゃんが体をこわすようなことになったら、捜査一課——いいえ、日本の警察——いいえ、全世界の平和と安全にとって、マイナスだわ」

「ママ、ちょっと、オーバーだよ」

この鬼警部も、母親には頭が上がらないのである。「ね、分かったから、外で待ってて。終わったら、すぐ行くから」

「そう？」

大谷の母は、ちょっと不服そうだったが、渋々立ち去ろうとして、「——喉のアメ、いるのなら、持ってるわよ」

「大丈夫！　別に痛くないよ」

「そう？　弓江さん」

「はい」

「努ちゃんが咳《せき》でもしないか、よく見ていてね」

「かしこまりました」

弓江も、「努ちゃん」をめぐって、大谷の母とはライバル同士である。しかし、最近はその扱いにも大分慣れて来ていた。

「やれやれ……」

大谷は冷汗を拭《ぬぐ》った。

「それにしても――」

と、弓江が、鈴井の方を向いて、「変な話じゃない？　ゆうべ声をかけて来た女性は、ちゃんと、あなたの幼なじみだと言ったんでしょ？」

「ええ。隣の家にいた、って。でも、名前は言わなかったんです」

「その女性と――つまり、愛し合ったわけね」

と、弓江にしては抽象的表現をした。

「ええ。志津ちゃんじゃありませんでしたよ、彼女は」

「酔ってたから、分からなかったんだろう」

と大谷が言った。

「そんなことありません。だって――あの女は、志津ちゃんより、ずっと美人でしたからね」

と、鈴井は言った。

「妙な話だ」

と、大谷は首を振った。「あ、ママ、大丈夫だよ、皮むいてくれなくても——」

「でも、お前の手が汚れると困るからね」

と、大谷の母は、ブドウの皮をむきながら、「その男が犯人に違いないんだろ?」

「そう——だと思うんだけどね。香月君、君はどう思う?」

三人して、パトカーの中での「昼食会」である。もちろん駐車禁止の公園の中に堂々と駐車して、パトカーをレストラン代りにしているのだ。

「そうですねえ」

弓江は、このところ、自分でお弁当を持参している。「——あの鈴井って男、一緒に寝た女を絞め殺すような変質者には見えませんけどね」

「それはそうだが、しかし、あいつの話がもし本当だとすると、ますます、わけが分からなくなるじゃないか」

「じゃ、努ちゃん、そいつを犯人にしときゃいいじゃないの、簡単で」

「そうはいかないよ、ママ。僕らの任務は真実を発見することさ」

「ちゃんと種を出してね」

「うん……。なかなかおいしいよ」

話の格調は、エレベーターの如《ごと》く、上がったり下がったりする。

「それに、通報して来たのは、あの鈴井なんですね」

と、弓江は言った。

「夢遊病みたいなものもあるじゃないの」

と、大谷の母が言った。「女を殺したことをきっと自分でも憶えてないんだよ」

「もちろん、そういうことも考えられますわね」

と、弓江は肯いた。「でも、万一、あの鈴井の話が本当だったら……」

「じゃ、弓江さん、あなた調べてらっしゃいな」

と、大谷の母が、ここぞとばかり、「もう食べ終わったんでしょ？　努ちゃんは、食後のお休みを取らなくちゃいけないから」

「ママ、これは僕の事件なんだから——」

「いえ、警部、私一人で大丈夫ですから」

と、弓江は弁当箱を片付けながら言った。

「そうよ。努ちゃん、ちゃんとお昼寝をして、それからおやつの時間ですからね」

「ママ！　赤ん坊と間違えないでくれよ！」

大谷は、さすがに憤然として言った。

2

この会社、何やっているのかしら？

弓江は、〈K工業株式会社〉という金文字の浮んだガラス戸を押して中へ入ったものの、誰も受付にいないので、仕方なくぼんやりと突っ立っていた。

大して大きな会社じゃない。貸ビルの一階分だけが全部というのだから、社員数も何十人の単位だろう。

今は十二時五十五分で、つまりはお昼休みである。弓江だって、その点は分かっているのだが、いくら昼休みでも、受付に人がいないというのは、ちょっとひどい。

重要な来客でもあったらどうするのだろう？　もし、一時まではどんなことがあっても仕事をしないというのなら、せめて、〈一時まではお待ち下さい〉とか、そういった提示を出すべきではないか。

それじゃ、到底成長企業にはなれないわね、と、本来、きちんとした性格の弓江は思った。

仕方なく、そこの椅子《いす》に腰をかけていると、戸が開いて、足早に入って来た女性がある。

三十そこそこ、活発で、いかにも仕事のできそうな女性である。しかも、なかなかの美人だ。彫りの深い、ちょっときつい感じの顔だが、冷たい印象ではなかった。

座っている弓江に気付くと、その女性の方から、声をかけて来た。

「失礼ですが――ご用件を承っておりますでしょうか？」

「いいえ。どなたもおられないので」

「まあ、どうも失礼いたしました。――困ったもんだわ、本当に」

と、その女性はちょっと顔をしかめると、「どうぞ、こちらへ」

と、弓江を応接室へ案内した。

「あの――」

用件を言おうとした弓江を、

「こちらでお待ち下さい」

と、一人残して、その女性、さっさと行ってしまう。

仕方なく、弓江は、その応接室で座っていた。――何だかパッとしない部屋である。

よく見ると、あちこちに埃《ほこり》がつもっていたり、ゴミが落ちていたりで、これでは、来客に好印象を与えることはできないだろう。

少し待っていると、ドアが開いて、さっきの女性が、お茶を運んで来てくれる。

「あの——おかまいなく」

弓江の方は恐縮して、「実は、お話が——」

と言いかけるのだが、

「今、課長が参りますから、お待ち下さい」

というわけで、また弓江は一人で待つことになった。

やれやれ、とため息をつきながら、お茶を飲んでいると、やっとかの課長らしい男が入って来た。

「いや、どうもお待たせして」

四十がらみの、頭がかなりテカテカとよく光る——つまりは禿《は》げている——中年男の典型である。お腹の方も平均的に出ている。

「課長の高松です。いや、お待たせして申し訳ない」

と、汗っかきなのか、しきりに汗を拭っている。「いや、今日はいやに暑いですな、ハハハ」

ちっとも暑くなんかないのに。よっぽど汗っかきなのかもしれない、と弓江は思った。

「ところで、ご用の向きは？」

やっと、用件に入れる。弓江はホッとした。

「警視庁の者です」

弓江は証明書を示して、「実は、こちらの社員の、前山志津子さんのことで、お話があって参ったんですが——」

「前山？　ああ、前山君ですか。では、呼んで来ますので、ちょっとお待ち下さい」

「いえ、あの——」

と、弓江が止めるのも無視して、高松という男は、サッサと出て行ってしまう。

全く、もう！——弓江もいい加減頭に来てしまった。

少しして、高松が戻って来る。

「いや、申し訳ありませんが、前山君は、今日出社していないようです。休むという連絡もなかったそうですが」

そりゃ、出社してたら怪談になる。

「実は、前山さんは昨夜、殺されたんです」

弓江が言うと、高松は、

「なるほど、さようですか」

と、当り前に肯いて、「その件につきましては、上司と相談の上、後日ご返事を――」

と、テープみたいな単調な声で続けてから、ギョッと目を見開いて、

「な、何ですって?」

全く、鈍いんだから! 弓江は呆《あき》れてしまった。

「前山さんは殺されたんです。そのことについてお話を――」

「こ、殺されたというと――死んだのですか?」

「ええ。他殺なんです。それで、犯人や動機について、親しかった人にうかがえれば、と思って――」

弓江が高松のことを、鈍いと思ったのは、早計だったかもしれない。なぜなら、そこまで言いかけたとき、高松が、白目をむいて失神してしまったからである。

「――どうなってるの?」

弓江は、思わず呟いていた……。

「前山さんが。――そうでしたか」

と、久里野信子は、厳しい表情で肯いた。

「よく、ご存知《ぞんじ》でしたか」

弓江が訊くと、久里野信子は、ちょっと寂しげに、

「よくあれこれと話をしましたわ。年齢も近かったし。それに彼女はとても人柄が良くて好かれていました」

――社長室だった。

弓江の目の前に座っているのは、さっき弓江を応接室へ案内して、お茶まで出してくれた女性で、何と、彼女がこのK工業の社長だったのである。

「一応、前山志津子さんが殺されていた部屋に住んでいる男性を容疑者として、取り調べているんですが、若干、疑問の点があって、こうしてうかがったわけです」

と、弓江は説明した。

「何でもお訊きになって下さい」

と、久里野信子は言った。

弓江は、前山志津子の男性との交遊関係や仕事ぶりなどについて訊いたが、特に目立つような話は出なかった。

ともかく、地味で、真面目《まじめ》に働く女性だったらしいのである。

一通りの話を聞いたところで、さっき失神した課長の高松が、照れくさそうな顔で入って来た。

「先ほどはどうも、醜態を演じまして……」

と、弓江の方へ、ペコペコ頭を下げる。

「いいえ。ショックなのは当然ですもの」

と、弓江は言った。

「高松さん」

と、久里野信子が言った。「社内で、前山志津子さんと親しかった人を、この刑事さんに紹介してあげて。あなたの部下だったんですから、分かるでしょう」

「かしこまりました」

高松が急いで出て行く。弓江は、

「高松さんは、ずいぶん感じやすい方なんですね」

と言った。

久里野信子は、ちょっと笑って、

「小心なんです。課長になって日が浅いものですから、緊張してるんですわ」

と言った。

――弓江は、社長室を出て、社内の女子社員の何人かと話をしたが、前山志津子と、打ちあけた話をするほど親しい者はいない、ということのようだった。

それじゃ、結局、何一つつかめなかったことになるわ、と弓江はいささか気が重くなった。

「どうもご苦労様でした」

ビルの出口まで、高松が見送りに出て来る。弓江は足を止めて、

「社長さんは、ずいぶんお若いですね」

と言ってみた。

「はあ。先代のお孫さんに当たる方です」

「孫……。お子さんはいらっしゃらなかったんですか」

「いました。しかし、ともかく遊ぶことだけに有能という方で、社長をつがれて二年足らずで、会社は倒産寸前になってしまったんです」

「まあ」

「社長が全然出社して来ないんですから、社員の方もやる気が出ない、というわけで、私なども、もうこの会社はだめだ、と絶望していました。ただの平社員でしたから、

転職先を考えて、毎日、新聞の求人欄を見ていたもんです」

「それが、どうして――」

「つい三カ月前、社長が亡くなったんです。それも愛人の所で。いわゆる腹上死というやつでして」

「見っともないわね」

「いよいよここも終わりだ、と思いました。ところが、信子様――今の社長が、自分が社長になって、必ず立て直してみせる、と約束なさったんです」

「仕事の経験はあったんですか」

「多少は。――といっても、大学生のとき、この会社でアルバイトをしていたというだけでして。そのときから、前山君とは仲が良かったようです」

「で、その結果は?」

「会社は持ち直しました。奇跡、としか言いようがありません。もっとも、そのためには大胆な人事異動をしたり、外から人を入れたりで、大分反感も買ったようですが。――今はうまく行っていますから、少なくとも表立って文句は言いませんね、誰も」

「有能な人なのね」

「その点は確かです」

と、高松は肯いた。「ただ――社長と、何人かの社員が必死でやっている、という状況で、下の方は、まだダラダラムードが抜け切らないようです」

そう言ってから、ちょっと頭をかいて、

「課長たる、私の責任でもあるんですが」

と、付け加えた。

「あなたを課長にしたのは、今の社長さんですか？」

「そうなんです。――びっくりしましたよ」

と、高松は首を振った。「ともかく、新しい社長が呼んでる、と聞いて、てっきりクビだ、と思って行ったんです。そうしたら、いきなり課長の辞令を渡されて……」

「あなたのことを見込んだわけですね」

「よく分かりませんねえ」

と、高松は肩をすくめた。「ただ――私はご覧の通り、風采《ふうさい》の上がらない、パッとしない男ですからね。若い女の子たちからも、あんまり男と見られていないようなんですね。一応、独身なんですが。そのせいで、女の子たちから、ちょくちょく相談に乗ってくれ、と頼まれまして……。その意味では、彼女たちの不満とか気持が分かっているところがあるんです。社長も、そこを買って下さったようなんですがね……」

なるほど、と弓江は思った。――あの女性社長、なかなか見る目を持っている。ただ仕事ができる、というだけでなく、部下に好かれる、頼りにされる、という点も大切かもしれない。

弓江は、そのビルを出た。――結局、事件と直接つながるような事実は、一つも出て来なかったわけだ。

赤信号で、立ち止まっていると、ビルから、当の久里野信子が出て来た。一人で、鞄《かばん》をかかえて、足早に出て来る。

いかにもキビキビした、むだのない動きで、弓江も見とれるほどである。

信子がタクシーを停《と》めて、乗り込もうとするのを、弓江は眺めていたが――。

そこへ、何やら、若い男が、突然やって来たのである。

一応背広姿ではあるから、勤め人なのだろうが、まだ二十五、六というところ。なかなかスマートな、ハンサムな男だわ、と弓江は思った。

しかし、そんな呑気《のんき》なことを考えている場合ではなかった。その若い男、久里野信子に向かって、荒々しい口のきき方をしていた。信子の方も、キッとにらみ返すようにして、言い返しているらしい。

そして、かまわずタクシーに乗り込もうとした信子を、その男は、いきなり平手でひっぱたいたのである。

信子が道に倒れるほどの勢いだった。弓江はびっくりして駆けつけた。

「女を殴る、か」

大谷は、沢木和郎を見下ろしながら言った。「しかも、いきなり。――あまり男のやることとは思えないね」

「大きなお世話だよ」

と、沢木和郎は、ふてくされた顔で言った。「それより、どうして僕をこんな所へ連れて来たんだ！」

「おやおや、威勢のいいことだな」

と、大谷は苦笑した。「暴行罪の現行犯だぞ、君は」

「男と女のことだ。放っといてくれ！」

「相当カッカ来ているようだな」

と、大谷は首を振った。

「あなたは――」

と、弓江が言った。「久里野信子さんの恋人だったの？」

「今でも、そのつもりさ」

と沢木は言い返して、「――こっちはね」

と付け加えた。

捜査一課の取調室である。

もちろん、沢木が、前山志津子殺しと関係があるというわけなどないのだが、ともかく気になったので、連れて来たのだ。

「あなたの方が年下でしょ？」

と弓江が訊く。

「だったら何だよ？　年上の女と恋をすると罪になるのか？」

「そうピリピリしないで。振られたからって、殴りつけるのが男じゃないでしょ」

弓江の言葉に、沢木はちょっときまり悪そうに、

「つい――カッとなって手が出たんだ」

と、言い訳がましく言った。

「信子さんは、社長業が忙しくなったんで、自然あなたと離れるようになったんだ、って言ってるわよ」

「そりゃあ……分かってるよ」

沢木は、ちょっとため息をついた。「僕は一介の平サラリーマン。彼女は社長。――会社は別でも、この差は大きいからね」

「じゃ、彼女を恨むのは筋違いじゃなくって？」

「でもね――他《ほか》の男に彼女をとられたら、やっぱし頭に来るじゃないか」

「他の男？」

「そうさ」

「それ、誰のこと？」

「禿げ頭の高松って奴《やつ》さ」

弓江は目を丸くした。あの高松が、信子と恋仲？

ちょっと、考えられない組合せだった。

「それ、彼女が言ったの？」

「いいや」

「じゃ、どうしてそう思ったの？」

「前山君から聞いたのさ。前山って、信子の友人なんだ。彼女の会社に勤めててね――」

「ちょ、ちょっと待って」

弓江は急いで、遮った。「前山君って、前山志津子さんのこと?」

「そうだよ」

なるほど、前山志津子が殺されたというニュースは、まだ新聞には出ていないから、お昼のTVニュースでも見ていなければ知らなくて不思議はない。

「前山さん、殺されたのよ」

弓江の言葉に、沢木は目をパチクリさせたが、すぐに笑い出して、

「おどかそうったってだめだよ」

「どうして君をおどかす必要があるんだ?」

と、大谷は言った。

「じゃ……本当に?」

沢木の顔色が変わった。「――何てことだ、畜生!」

「前山さんとは親しかったの?」

「――信子を通じて知り合ったんだ。いい人だった。今度の信子とのことでも、前山君に大分相談に乗ってもらった」

沢木は、首を振って、「あんないい人を……。誰が殺したんだ!」

「それを調べているんだよ」

と大谷は言った。「心当りはないか？」

「ええ。――ただ、彼女、このところ悩んでたみたいだった」

「原因は？」

「男のことらしかったな。幼なじみの男だとか……」

「どう悩んでたの？」

「前山君の方が、その男に惚《ほ》れてたみたいだったね」

と、沢木は言った。

弓江と大谷は顔を見合わせた。

前山志津子と幼なじみ、といえば、鈴井のことに違いあるまい。

「その男のことで、もっと何か聞かなかったか？」

と、大谷が訊くと、沢木は肩をすくめて、

「別に。彼女も、そう口数の多い人じゃなかったからね」

「分かった。――ともかく、久里野信子は訴える気はないということだから、もう帰っていい。しかし、女を殴ったりするなよ」

「分かりましたよ」

沢木は、自分でも多少恥ずかしいらしく、顔を赤らめて言った。

――沢木が出て行った後、弓江は首をかしげた。

「何だかピンと来ない事件ですね」

「うん……」

「前山志津子さんが鈴井のことを好きだった……。だったら、どうして鈴井が彼女を殺すんでしょう?」

「理由がないな。――やっぱり少しイカレてるのかもしれない」

「安直ですわ、それじゃ」

と、弓江はやっつけた。「何だか、これには裏がありそう。――もう少し調べてみたいんですけど」

「それはいいけど……今夜の食事の約束は忘れないでくれよ」

と、大谷が口調を変えて言った。「今夜はお袋、親戚《しんせき》の法事でいなくなるんだから」

「警部、勤務中です」

弓江は笑顔で言って、素早く大谷にキスした……。

3

弓江も仕事熱心ではあるが、そこはやはり若い女性でもあって、そこは仕事より恋の方を選んだ。

といって、別に大したことじゃないので、要するに、大谷と二人きりでの夕食を、ある高級レストランでとっていたのである。

いつもきりっとダンディな大谷はともかく、弓江の方は、普段はたいてい働きやすいパンタロン姿だが、今夜ばかりは、ぐっとシックなイヴニングドレス——まではいかない。大体、刑事の月給は、そんなに良くない！

というわけで、ちょっと高級なワンピースというスタイルでテーブルについていた。

「今夜は、家へ帰らないことにしようか」

と、大谷が言った。

「あら、でも——」

「お袋なら大丈夫。向うで泊って来ると言ってたからね」

「夜、お宅へお電話なさって、誰も出なかったら、心配なさいますよ」

「いいさ。僕ももう子供じゃない。どこで泊ろうと、僕の勝手だよ」

と、いやに勇ましい。

「ともかく食事をされた方がいいんじゃありません?」

と、弓江は微笑《ほほえ》みながら言った。

「そ、そうだね」

大谷は咳払《せきばら》いをして、ステーキに取りかかった。

「——あら」

と、弓江が、レストランの中をちょっと眺め回していて、声を上げた。

「どうした?」

「あの人だわ」

「あの人?」

「ええ。——ほら、あそこの奥のテーブルで一人で食事してる人。あれが久里野信子ですわ」

「へえ。あれが女社長か」

と、大谷は眺めて、「しかし、どことなく寂しそうだね」

「そうですね……」

と、弓江は肯いた。

確かに、信子は、仕事をしてるときと少しも変わらない様子で――キチッと座って、静かに食事をしていたが、少しも、食事を楽しんでいる、という風には見えなかった。

「警部」

と弓江は言った。「あの人、このテーブルに呼びましょうか」

「ええ？　しかし……」

「もちろん、向うで断わって来れば別ですけども」

大谷は、ちょっと笑って、

「いいとも。君は優しいね」

と言って、ウエイターを呼んだ。

信子は、断わらなかった。

「――お邪魔しちゃって」

と、それでも何だかホッとした様子で、弓江たちのテーブルに加わった。

「いつも一人で食事ですか」

と、大谷が訊く。

「ええ。社長なんて寂しいもんですわ。心を許せる人はほとんどいないし……」

「でも、その気になれば、いないことはないんじゃありません?」

「沢木さんのこと?——今日はびっくりさせてすみませんでした」

「いいえ。けががなくて良かったわ」

「若いから、血の気が多くて……それなりに魅力はあるんですけど、でも、お付き合いしていると疲れてしまって」

と、信子は息をついた。「私ももう若くないんですわ」

「その年齢《とし》で社長業は大変でしょう」

と、大谷は言った。

「そうですね。でも——父のせいで会社が危くなったんですから、私が頑張らないと。もう少し時間があれば、何とかなるかもしれません」

信子は、食後のコーヒーになると、弓江の方へ向いて、

「志津子さんを殺した犯人は……本当にあの鈴井という人なんですか?」

と訊いた。

弓江は、大谷と、ちょっと目を見交わした。

「たぶんそうだろう、と……。どうしてです? 鈴井のことをご存知ですの?」

「名前だけは。彼女、鈴井という人のことが好きだったんです」

「幼なじみだったようですね」

「ええ。――それで、たまたま、うちの社の用事で行った会社に、鈴井って人がいたらしいんですね」

「そうでしたか」

「彼女は、鈴井って人のことが一目で分かったんですが、向うは、彼女のこと、気付かなかったようです」

「で、志津子さんは、どうしたんですか？」

「何しろ、とても控え目な人でしたから、自分から名乗り出たりすることができなかったんです。あれこれ訊いて回って、彼が独身で独り住いだとか、知っていましたが、直接話しかけたり、電話したり、できない人でした。――本当におとなしくて」

不意に、信子の目に涙が光った。「それなのに――その、好きだったその相手に殺されるなんて、あんまり可哀《かわい》そうで……」

頰《ほお》を涙が伝い落ちる。信子は、あわてて涙をハンカチで拭うと、

「すみません、取り乱して」

と、詫《わ》びて、「私、お先に失礼しますわ」

と、弓江が止める間もなく、レストランを出て行ってしまった。

「――情緒不安定だね」

と、大谷は言った。

「平静を保ってるように見えますけど、やっぱりショックを受けてるんですわ」

弓江は、コーヒーカップを取り上げた。「きっと、友人といえる人が少ないんですね」

「その一人が殺された、というのはショックだろうね、確かに」

「――警部」

と、弓江は、ふと思い付いたように、「きっとあの人なんだわ。きっとそうだわ！」

「何が？」

「鈴井が言ってた、最初に声をかけて来たという女性ですよ」

「それが――久里野信子？」

「ええ。どうしてか分からないんですけど、今直感的にそう思ったんです」

「しかし、なぜ彼女がそんなことを？」

「今、言ってたじゃありませんか。志津子さんは、内気で、鈴井に声一つかけられなかったって。――気の強い信子さんが、代りにきっかけを作ってやろうとしたとしても、不思議じゃありませんわ」

「なるほど」

大谷は考え込んで、「しかし――いくら友人のためでも、男のアパートへ行って、布団の中へまで、入るかね？」

「ええ……。それはそうですけど」

と、弓江も考え込んでしまった。

――大谷たちも、少ししてそのレストランを出た。

駐車場の方へ歩いて行きながら、

「警部」

と、弓江が言った。「さっきワインを飲んでましたよ。アルコールを口にしたときは、車の運転はやめましょう」

「もうとっくにさめてるよ」

「いけません」

「分かったよ」

大谷は苦笑した。「素直に言うことを聞こう」

「努ちゃんはいい子です」

「よせよ、お袋じゃあるまいし」

大谷は顔をしかめた。「しかし、車をどうするかな」

夜風が快い。――レストランから、駐車場までは何十メートルか離れている。

「戻って、レストランの人に言っておきましょうか」

「そうかい？　いや、どうせ車には乗らないんだから、一緒に行くよ」

大谷と弓江は二人して、レストランの方へ戻りかけた。

その二人を追いかけるようにして、車のライトが、後方から照らして来た。何だか右へ左へ、フラフラしている。

「おい、酔っ払い運転じゃないのか？」

と、大谷が振り向く。

そこへ――

「泥棒！　自動車泥棒！」

と、叫びながら、車の後から走って来る女性がいた。

「あら！　信子さんだわ」

久里野信子が、走って車を追いかけているのだ。

車が大谷と弓江をかすめて走って行く。

「危いな！」

大谷が憤然として、言った。「どうしたんです？」

「――車に――乗ったところだったんです」

と、信子が喘《あえ》ぎながら言った。「そしたら、いきなり男が乗って来て……。私、びっくりして、反対側のドアから飛び出したんですの。そしたら、車を動かして逃げてしまったんです」

「ひどい奴だな！　知っている男ですか？」

「いいえ。酔ってたみたいです」

「あなたの車でしょう？　じゃ、ナンバーで手配すれば、すぐ見付かりますよ」

「すみません。――ああ、びっくりした！」

と、信子は息をついた。

「車のキーは？」

「差し込んだところへ男が乗り込んで来たので、びっくりして……」

弓江は、ちょっと間を置いてから、

「今まで、外にいたんですか？」

と訊いた。

「ええ。――ちょっと涙を乾かしていたんです」

信子は、目をそらしながら言った。

「もしかして、あなた——」

と、弓江が言いかけたときだった。

ズシン、と足下が揺らぐような爆発音がしたと思うと、少し先の方で、赤い火柱が上がった。

三人は、一瞬、唖然《あぜん》としていたが……。

「爆発だ！」

さすがに、大谷がいち早く叫んだ。「香月君、一一〇番！」

「はい！」

弓江は、レストランへ向かって全力で突っ走って行った。

びっくりして飛び出して来たレストランのマネージャーに、

「パトカーと消防車を大至急呼んで！」

と怒鳴ると、自分も現場へと急いだ。

大通りへ出たところで、車が派手に燃え上がって、辺りを真昼のように明るく照らしていた。

「警部！」

「どうした？　連絡したか？」

「はい。——衝突ですか？」

「いや、そうじゃないらしい」

と、大谷は首を振った。「見ろ。車一台だけだ。ぶつかったわけでもないらしいし」

なるほど、車は通りの真中で燃え上がっているのだ。

「——びっくりしたぜ」

と、通りがかったらしいトラックの運転手が、集まった野次馬に向かってしゃべっている。「走って来たと思ったら、いきなりドカン、だ。こいつ、爆弾でも落とされたんじゃねえのか？」

大谷は空を見上げて、

「爆撃機はいないようだな」

と言った。

「あの……」

と、声がした。

久里野信子だ。

「やあ、危いですよ」

と、大谷は言った。「まだガソリンが残ってたりすると、爆発する恐れがある」

「誰か乗ってたにしても、これじゃ、手の出しようがありませんね」

と、弓江が言った。

車は、完全に炎に包まれている感じだった。どこにこれだけ燃えるものがあるのか、という感じだ。

「――この車、きっと私のです」

と、信子が言った。

「え？」

と、弓江と大谷は同時に言った。

「さっき盗まれた車だと思いますわ」

「じゃあ……」

弓江は、車の方へ目をやった。「これが爆発したのは――もしかして――」

「爆弾を仕掛けてあったのかもしれませんよ、車に」

大谷は、呆れたような顔で言った。「じゃ、あなたは命拾いをしたわけだ」

「でも、車を盗んだ人は亡くなったんですわね」

信子は、ちょっと寂しげな顔で呟くように言った。「いやだわ。私のせいで人が死ぬなんて……」

小さな爆発が起こって、周囲の野次馬がワーッと声を上げて退《さが》った。

「香月君。危険だから、周囲の連中を遠ざけよう」

「はい！」

弓江は駆け出した。

4

「やれやれ！」

エレベーターに乗って、大谷は、体中で息をついた。

「疲れましたね」

と弓江が言った。

言わずもがな、である。——もう夜中の三時なのだ。

あの久里野信子の車が爆発した事件のことで、今まで時間を取られてしまったのである。

やはり、誰かが爆弾をしかけていたらしいということは、当面の調査でも分かったのだが、それ以上のことはまだ今後の詳しい捜査に待つしかない。

「しかし、誰があんなひどいことをしたのかなあ」

「死んだのはコソ泥だったみたいだけど、やっぱりれっきとした殺人罪ですものね」

「久里野信子を、そんなにまで憎んでいる奴ってのは、誰だろう?」

「沢木も怪しいですね。ともかく殴ったりするぐらいだから」

「あと、高松も、沢木の話では彼女と交際していた……」

大谷が大欠伸《あくび》をすると、エレベーターが停って扉が開いた。

ここはホテル。——予定では、二人して、もっと早くここへ入るはずだったのだ。

「警部、お疲れだったら……」

「なあに！　大丈夫。君と二人になれば、パッと目が覚めるさ」

「まあ……」

と、弓江は笑った。

二人は廊下を歩いて行った。

「——ここだ。さて、と」

大谷は、鍵《かぎ》をあけて、ドアを半開きにしておいて、弓江をやおらかかえ上げた。

「警部！——何してるんですか！」

弓江が真赤になる。

「いいじゃないか。せっかく水入らずの夜なんだから」

大谷が笑いながら、暗い部屋の中へと入る。

「さて、明りのスイッチは、と……」

大谷が弓江を抱き上げたまま、肘《ひじ》で、壁の方をまさぐっていると、急にパッと明りが点《つ》いた。

「あら、遅かったのね」

と、ベッドから顔を出しているのは……。

「ママ！」

大谷が目を丸くして、危うく弓江を落っことしそうになった。弓江があわてて降り立って、

「こ、今晩は」

と頭を下げた。

「待ってる間に眠っちゃったわ」

大谷の母は、起き上がって、欠伸をした。

大谷の方は、すっかり眠気もさめてしまった。

「ママ……。今夜は泊りじゃなかったの？」

と、恐る恐る訊く。

「でも、努ちゃんが、事件を追って、ろくに睡眠を取らずに頑張ってると思うと、私一人、のんびりしちゃいられないって気になったのよ」

「そ、そんな気、つかってくれなくたって、大丈夫なのに——」

「弓江さん、どうしたの？　具合でも悪いの？」

「いいえ！」

「でも、努ちゃんが抱っこしてたじゃない。気分でも悪いのかと思って」

「も、もう良くなりました、はあ」

「そう。それじゃ一人で帰れるわね」

と、大谷の母は、にこやかに言った。

「ママ……。でも、どうしてこのホテルのことが？」

「お前は、割とうっかり屋さんだからね」

と、大谷の母は笑顔で言った。「ここへ予約の電話を入れたときの番号のメモを、そのまま残しとくと、目につきますよ」

大谷はため息をついた。

「警部、私、失礼しますから」

と、弓江が言った。

「じゃ、弓江さん、おやすみなさい」

大谷の母は、あくまでにこやかである……。

「――参ったな」

大谷は、ホテルのロビーまで、弓江を送って来て、「このまま、どこかへ行こうか？」

「だめですわ。後でもめても困りますから」

と、弓江は言った。

「すまないなあ、いつも」

「いいえ。――それに疲れてて眠りたかったし」

「じゃ、この次は、必ず」

と、大谷は言って、弓江の手にキスした……。

ああ、やれやれ！――弓江は、そろそろ朝も近い時刻の通りを、ぶらぶらと歩いていた。

あの母親も大したもんだ。

もし、あのとき、全然気が付かないで、大谷とベッドへ入っていたら、どうなったかしら?

そう考えて、弓江はクスッと笑った。

こうして、めげずに笑っていられるのが、弓江のいいところである。

弓江は、ピタリと足を止めた。

「——そうだわ」

と呟く、「もしかすると……きっとそうだわ!」

弓江は、足を早めて、歩き出した。


「——お忙しいのに、すみませんね」

と、弓江は言った。

「いいえ。ゆうべのことで?」

久里野信子は、社長室に座っていると、まるで別人のように見えた。やはり、社長と呼ばれるにふさわしい貫禄《かんろく》が身についているのだ。

「車にしかけてあった爆弾のことは、今、調査中です。それよりも——」

と、弓江は言って、「ちょっと会っていただきたい人がいるんですけど」

「ええ。どなたです?」

「外に待たせていますの」

弓江は、立って行って、ドアを開けると、外にいた男を、社長室の中へ入れた。

「——さあ、鈴井さん。この女性に見憶えは?」

鈴井は、くたびれ切った顔をしていたが、ぼんやりとした視線を、信子の方へむけて——パッと目を見開き、

「この女だ！　この女ですよ、僕に声をかけて来たのは！」

と声を上げた。

「何のお話ですか?」

と、信子はいぶかしげに言った。

「とぼけないでくれ！　僕に幼なじみだと声をかけて来て、アパートにまで来たじゃないか！」

と、身を乗り出す鈴井を、弓江は押し止めた。

「座って！　暴れると射殺しますよ！」

ぐっとドスの利いた弓江の声に、鈴井は、おとなしくソファに座った。

「久里野さん」

弓江は、信子の方へ向かって、「あなたは、志津子さんが鈴井さんに恋してるのに、言葉もかけられないのを見て、力を貸すことにしたんですね」

「私、知りません」

と、信子は首を振った。

「まず、あなたが幼なじみのふりをして、鈴井さんに声をかける。あなたは美人だし、鈴井さんが乗って来るのは分かっていた」

「私、そんなことしません」

「案の定、鈴井さんは、あなたに身憶えもないのに、知っているふりを装って、お酒を付き合った。その後、あなたは、気分が悪くなったと言って、彼のアパートへ行った……」

「私は——」

「鈴井さんは、すっかりあなたのペースに巻き込まれて、あなたが待っているはずの布団に潜り込んで行った……」

「とんでもないわ」

と、信子は、強い口調で言って、首を振った。「いくら私が志津子さんと仲が良くても、好きでもない男と寝たりしません」

「もちろん、そうです」

と、弓江は肯いた。「あなたは寝なかった。布団の中で待っていたのは、あなたでなくて、志津子さんだったんです」

「何ですって？」

と、鈴井が仰天した。

「信子さんが先にシャワーを浴び、出た後、あなたがシャワーを浴びた。そうでしょ？」

「ええ」

「出て来たとき、部屋の中は？」

「暗くて……。それは、彼女が恥ずかしがって消したんだと思ってました」

「布団の中に彼女は潜り込んでいた」

「ええ。顔も出ていなくて。——薄明りはあったんですが、確かに顔は見なかったようです」

鈴井は、唖然として、「じゃ、あのとき布団の中で僕を待っていたのは、志津ちゃんだったのか！」

「あなたがシャワーを浴びている間に、信子さんは志津子さんと入れ替った。そうですね?」

信子は、なおも否定しそうな様子だったが、少し考えた後、

「ええ、その通りです」

と肯いた。「志津子は、本当にいい人だった。私、彼女が大好きでした。——自分勝手な人ばかりの今の時代じゃ珍しい、いつも自分を後回しにする人だったんです。——その志津子の、たった一つの夢が、この鈴井という人への恋心だった……」

信子は、ため息をついた。

「正直に言って、こんな男のどこがいいのかと思いました。大して仕事ができるでもなし、大きな夢を持ってるわけでもなし、といってそう人がいいとも思えないし」

鈴井が顔を真赤にした。信子は続けた。

「でも、ともかく志津子は、幼なじみの伸夫ちゃん——この男のことが好きで、それを言い出せなかったんです。私、彼女のために一肌脱いであげようと思ったんです」

信子は、肯いて、「入れ替りのことは、今、あなたが言った通りです。朝になれば、志津子は鈴井と結ばれていて——うまく結婚へと持ち込むはずでした。でも、そんなの、もうどうでもいいことです」

信子は、鈴井をにらんだ。

「この男が、まさか志津子を殺すなんて思ってもいなかった！」

「僕は、やってない！」

と、鈴井は、むきになって言った。

「それはともかく——」

弓江は、鈴井を抑えて、「あなたは、どうしてそのことを黙っていたんですか？」

と、信子へ訊いた。

「だって、同じことでしょ。この人が犯人なら。それに——私は、まだ社長になったばかりで、敵も多いんです。警察沙汰《ざた》になるようなことがあっては、格好の攻撃材料にされてしまいます。申し訳ないと思ったけど、黙っていたんですの」

「話していて下されば、大分違って来てたんですよ」

と、弓江は言った。

「というと？」

そのとき、社長室のドアが開いて、高松が入って来た。

表情がこわばっている。

「社長——」

「どうしたの？」

「申し訳ありません」

と、高松は深々と頭を下げた。

「何なの、一体？」

信子は呆気に取られている。

「この人は――」

と、弓江が言った。「あなたのことが好きだったんです」

「私を？」

信子は目を丸くした。「高松さん。それ、本当？」

「はい。誠に申し訳も――」

「いえ、それは――ありがたいけど、でもどうして謝るの？」

「実は、あのとき、私は、社長の後をつけていたんです」

と、高松は、額の汗を拭いながら、「全くお恥ずかしい」

「あのときって……。志津子が殺されたとき？」

「そうです。私は、何とか社長とお話をしたいと思って――。すると、社長は、何だか得体の知れない男と一緒に飲んだ後、その男のアパートに……」

「あなた、そこまでついて来たの？」

「私はショックを受けました。社長が、あんなパッとしない男のボロアパートに──」

鈴井の方は、すっかりふてくされていた。

「じゃ、高松さん……」

と、信子は、息を呑《の》んだ。「まさか、あなた、私と間違えて、志津子を殺したんじゃないでしょうね！」

しばし、誰も口をきかなかった。

「──そうじゃなかった」

と、声がして、ドアが開くと、

「いてて！」

と、声を上げて、転《ころが》り込んで来たのは、沢木だった。

「こいつが外で立ち聞きしていたんでね」

と、大谷が言った。

「今の高松さんの話、この沢木にも当てはまるんですよね」

と、弓江が言った。「この人は、信子さんが高松さんと付き合っていると思って、カッカ来てたから、その信子さんが、また別の男のアパートへ入るのを見て、頭に来てしまったんです」

「嘘だ！」

と、立ち上がって、沢木は怒鳴った。

「一旦《いったん》はアパートの前から立ち去ったものの、やっぱり我慢できずに戻って来た。その間に、信子さんと志津子さんが入れ替ってたわけですね」

「俺じゃない！」

「いや、あなたです」

と、高松は言った。「私は、あなたが、アパートの前を行ったり来たりしているのを見ていたんです」

「なぜ言わなかったの？」

と、信子が言った。

「もし――社長がこの沢木を愛してらっしゃるのだったら、黙っていようかと思ったんです。でも、今のお話で、なぜ社長があんなことをされたのかも分かりましたから」

と、高松は言った。

「殺した相手が別人と分かってからは、怖くなったんだな」

と、大谷が言った。「信子さんと志津子さんの入れ替りの真相が分かって、そこから自分に疑いがかかるとまずい、と思って、彼女の車に細工をした」

「沢木君――」

信子が愕然《がくぜん》として、「私を本当に殺そうとしたの？」

「君の経歴を見て、車に細工をするのに必要な技術を持っていると分かったんで、君のことを調べたんだよ。もう諦《あきら》めろ」

と、大谷が言った。

「――畜生！」

沢木は、ガックリと肩を落とした。


大谷が沢木を連れて行った後、信子は、力なく呟くように、

「結局、私が志津子を殺したようなもんだわ」

と言った。

「いや、殺したのは僕ですよ」

と、鈴井が言った。「抱いていて、志津ちゃんだってことも分からなかった。眠っている間に、彼女が殺されるのにも気付かなかった……。志津ちゃんに済まない」

「その言葉を聞いたら、きっと志津子、喜んだでしょうね」

と、信子が言った。

「また一からやり直しますよ」

と、鈴井は立ち上がった。「本当に女性から愛される価値のある男性になります」

弓江は、微笑んで、鈴井を促して社長室を出て行った。

——信子と、高松が残った。

「社長……」

「高松さん」

と、信子は言った。

「はあ」

「午後の会議の資料、まだ届いてないわよ」

「はい！　すぐに——」

高松は、あわてて社長室を出て行く。

信子は、その後ろ姿を見送って、ちょっと笑った。

それは、社長としての笑いではなく、女としての笑いのように見えた……。

本書は1988年6月徳間文庫として刊行されたものの新装版です。なお、本作品はフィクションであり実在の個人・団体などとは一切関係がありません。

徳間文庫

マザコン刑事《けいじ》の探偵《たんてい》学《がく》

〈新装版〉

2014年9月15日 初刷

著者 赤《あか》川《がわ》次《じ》郎《ろう》

発行者 平野健一

東京都港区芝大門二—二—二 〒105—8055

発行所 株式会社徳間書店

電話 編集〇三(五四〇三)四三四九
販売〇四八(四五一)五九六〇

振替 〇〇一四〇—〇—四四三九二

印刷 凸版印刷株式会社

製本 ナショナル製本協同組合

ISBN978-4-19-893877-2 (乱丁、落丁本はお取りかえいたします)

徳間文庫の好評既刊

赤川次郎

夫は泥棒、妻は刑事1

盗みは人のためならず

夫、今野淳一34歳、職業は泥棒。妻の真弓は27歳。ちょっとそそっかしいが仕事はなんと警視庁捜査一課の刑事！ 夫婦の仲は至って円満。ある日、淳一が宝石を盗みに入ったところを、真弓の部下、道田刑事にみられてしまった。淳一の泥棒運命は!?

赤川次郎

夫は泥棒、妻は刑事2

待てばカイロの盗みあり

夫の淳一は役者にしたいほどのいい男だが、実は泥棒。妻の真弓はだれもが振り返る美人だが、警視庁捜査一課の刑事。このユニークカップルがディナーを楽しんでいると、突然男が淳一にピストルをつきつけた。それは連続怪奇殺人事件の幕開けだった……。